함석헌 엔솔로지

내가 선물입니다

WellBook

늘 고마운 당신께 드립니다

한 번도 살아보지 못한 40대를 살아가면서 두려움과 걱정이 앞섰습니다.

그런데 얼마 전부터 무대에서 노래하는 제 목소리가

제 마음을 울리곤 했습니다.

이제는 과장도 꾸밈도 없는 무르익은 성악가 베이스가 되어

한 시절을 감사하는 마음으로 살아가고 있습니다.

그 마음이 무대에서는 기쁨으로 표현되고,

그 기쁨은 많은 분들에게 행복이 되겠지요.

그 행복을 부족한 글이나마 함께 나누고 노래로 전하고 싶어

이 책을 만들었습니다.

항상 기억해주시고 아껴주셔서 고맙습니다.

2019년 2월 19일

함석헌

PROGRAM

On – Stage : 더 깊은 감동이

In – Life : 다른 관점에서

PRE-STAGE

: 위로해줄 거예요

나를 지켜주는 그물망

바다에 다리를 놓는데 인부들이 작업 도중 바다에 빠져 수많은 사람들이 죽게 되었답니다. 일하다가 밑을 내려다보면 두렵기도 하고 무섭기도 했겠죠. 그러다보니 겁에 질려 발을 헛디뎌 사고를 당했던 거죠. 사람들은 거액의 추가 공사비용을 들여서 인부들이 바다에 빠지지 않게 그물망을 설치했습니다. 그물망 덕분에 불안한 마음이 없어지니 당연히 물에 빠져 죽는 사람도 없게 되었고 작업 기간도 30%나 단축되어 완공됐다고 합니다.

이 이야기를 듣는데 바다 위에서 공사하는 인부들이 마치 무대 위에서 노래하는 가수 같다는 생각이 들더라고요. 그리고 바다에 떨어져도 살 수 있는 그물망은 가수에게는 무엇일까 곰곰이 생각해 보았습니다. 가수에게 무대에서 두려움과 무서움을 없애주는 것이 과연 무엇일까 한참을 생각했습니다.

인부들을 지켜주었던 그물망은 가수에게는 '연습'입니다. 첫째도 연습, 둘째도 연습, 셋째도 연습이지요. 독일 속담에 연습이 대가를 만든다고 했습니다. 아무리 천재적인 재능을 타고났어도 연습에서 오는 감동에는 처절하게 깊은 무언가가 있습니다.

　사십대 중반에 이른 지금, 노래 연습을 하다 보면 벌써 시간이 이렇게 갔나 싶을 정도로 시간이 빨리 지나갑니다. 뭐 좀 잠깐 연습한 것 같은데 시간이 서너 시간 지나간 걸 보면 십대일 때, 하루가 정말 길게 느껴졌을 때, 시간이 왜 이렇게 안 가나 싶었을 그때에 연습을 더 많이 해둘걸 하는 생각이 들곤 합니다.

시간과 열정

독일에서 유학할 때 만난 선생님이 계십니다. 독일 극장에서 같이 일하던 가수였는데 초대를 받아 그가 출연하는 공연을 보러 갔습니다. 바흐의 오라토리오 종교곡이 그날의 프로그램이었습니다. 굉장한 테크닉이 요구되는 어려운 곡들을 잘해서 큰 감동을 받았습니다. 저는 베르디나 푸치니를 좋아했는데 이들보다 삼사백 년 전 작곡가 바흐의 기교 있는 곡들을 잘 부르는 것을 보고 그에게 배워야겠다고 마음을 먹었죠. 극장에 출근해서 그를 만나자마자 저를 가르쳐달라고 했습니다. "소리는 네가 더 잘 내니 내가 너에게 배워야 한다"고 농담을 하면서도 흔쾌히 레슨을 허락해주었습니다.

첫 레슨 날, 오전 10시에 만나서 레슨을 시작해 한 시간 정도 지났을 때였습니다. 차 한잔하자고 하더라고요. 차를 마시고 삼십 분 정도 더 레슨을 했습니다. 이 정도면 끝났겠다 싶어 마무리를 지으려는데, 한 시간을 더 하고 나서야 그만하자는 겁니다. 첫 레슨인데 두 시간은 저도 힘이 들었지요. 집에 가려고 하니 점심을 같이 하자고 해서 점심을 먹었습니다. 그러곤 이제 정말 집에 가려고 하는데, 선생님 말씀이 아직 레슨이 안 끝났다는 겁니다. 오후 다섯 시가 돼서야 수업이 끝났습니다.

그때까지 음악가로 살면서 가장 기억에 남는 수업이었습니다. 그 후로도 수업을 받으러 갈 때면 '오늘도 종일 하겠구나' 하고 마음먹고 갔습니다. 선생님은 그렇게, 될 때까지 수업을 진행했고 그런 다음에는 제가 연습으로 문제를 해결해야 했죠.

한국에서 레슨은 보통 한 시간이 기준이 됩니다. 저도 그 기준에 맞추긴 하지만 학생과 만날 때면 대개 한 시간을 훌쩍 넘기며 가르치게 됩니다. 그래도 저의 독일 선생님이 보여주었던 열정을 생각하면 선생으로서 제가 참 많이 부끄럽습니다.

오보이스트와 굴국밥을

신년 시무식에 오보이스트와 함께 공연을 했습니다. 공연을 잘 마치고 함께 아침 식사를 하게 되었는데 이른 아침부터 연 음식점이 많지 않았습니다. 그나마 굴국밥 집이 문을 열어서 갔는데 오히려 추운 아침에 딱이구나 싶었습니다.

한참을 정신없이 먹는데 함께 간 오보이스트가 밥을 참 신기하게 먹더라고요. 앞접시를 달라고 하더니 굴을 접시에 올려 한참 식히고, 또 국에 담긴 부추도 건져서 가지런히 올려놓고 다 식어서 거의 온기가 사라지면 그제서야 입에 넣는데 그것도 혀를 넓게 펴서 날름거리며 먹는데 그 모습이 너무 우스웠어요. 그렇다 먹다보니 뜨거운 국물이라도 한 숟갈 떠먹으려면 정말 오래 걸리는 겁니다. 흔히 말하는 '밥상 앞 깔짝거림'의 최고봉이었는데요. 그래서 제가 물어봤죠. " 혹시 굴국밥 싫어하세요?" 그런데 그분이 의외의 대답을 하시는 거예요. "아뇨. 아주 좋아해요." 그런데 왜 그렇게 드시는 거냐고 했더니 이런 대답을 들려주셨습니다.

"오보에는 리드로 부는데, 혀가 굉장히 중요한 역할을 하기 때문에 혀를 데면 공연할 때 낭패를 보게 돼요. 오늘 저녁에 또 공연이 있어서 조심하는 거예요."

그 말을 듣는데 내가 참 생각이 짧았다는 생각이 들었습니다. 지금까지 살아오면서 봐왔던 이해가 안 되는 모습들에도 다 이유가 있었겠다는 생각이 들었습니다. 이유도 모르고 보기에 이상하다고 그 사람을 무시하거나 바보 취급할 때가 있었죠. 나도 누군가에게는 참 이상하고 우습게 보일 텐데…. 앞으로는 내 관점에서 이해가 안 되는 누군가의 이상한 모습을 마주하게 되더라도 내가 모르는 이유가 있을 거라고 생각하기로 했습니다. 그리고 보이는 것이 전부가 아니라는 말처럼 뭐든 속단하고 내 맘대로 단정 짓는 실수를 하지 말아야겠다고 다짐했습니다.

위로해줄 거예요

객석을 중학생들이 거의 다 차지한 공연이었습니다. 연주도 하고 진행도 해야 했던 저는 쉽지 않을 거라는 생각에 긴장이 됐습니다. 중학생은 무서우니까요.

막이 오르고, 저는 얌전히 무대로 등장해서 차분하게 전체 순서에 대해 이야기했습니다. 아이들은 의외로 잘 따라주었습니다. 다양한 장르의 음악이 최고의 연주로 펼쳐졌습니다. 아이들은 굉장한 집중력으로 콘서트를 즐겼습니다.

다음 순서로 오보이스트가 등장하기 전에 아이들과 대화를 나누었습니다.

"공부하기 힘들지요?"
"네!!!"
"학교생활 힘들지요?"
"네!!!"

"엄마가 잔소리 많이 하지요?"

"네!!!"

"다음 순서는 오보에 선생님이 나오셔서 영화 『미션』에 나왔던 주제 음악 〈Gabriel's Oboe〉를 들려주실 텐데요. 오보에의 아름다운 소리가 여러분에게 '많이 힘들지? 힘내~' 하고 위로해줄 거예요. 그런 마음으로 잘 들어보세요."

무대에 선 오보이스트는 아이들을 위해 온 마음을 다해 연주했습니다. 오보이스트의 연주가 끝나고 다음 순서를 소개하려고 무대로 나간 저는 객석의 아이들을 보고 당황했습니다. 아이들이 울고 있었던 겁니다.

사람들은 중학생을 이상하다고 이야기하지만 음악은 그 이상한 중학생들에게 감동을 주고 위로해주었습니다. 생각해보면 중학생은 질풍노도의 시기라 할 만큼 불안정한 몸과 마음일 텐데 학업까지 해야 하는 압박감 때문에 사는 게 결코 쉽지는 않을 것 같습니다. 아이들이 정말 힘들구나, 그 힘든 마음을 풀 데가 없을 텐데 어쩌나 하는 생각에 공연을 마치고 돌아오는 차 안에서 혼자 마음이 짠해졌습니다.

이건 아니다

아이들을 가르치다 보면 잘하는 아이가 있는 반면에 못하는 아이도 많습니다. 몇 번을 같은 설명을 해도 이해를 못해서 지난주에 가르친 것을 똑같이 이야기하게 되면 정말 화가 나죠.

한번은 제자 아이의 소리가 굉장히 좋아져서 다음 레슨을 기대했는데, 뭘 잘못 정리했는지 몇 번을 이야기해줘도 그 소리가 다시 안 나더라고요. 연습을 안 한 건지 아니면 연습을 잘못 한 건지…. 그래도 처음에는 차근차근 다시 이야기해줬습니다. 인내심을 갖고 다시 수업을 진행했습니다. 그런데 제가 그만 인내의 한계를 느끼고 결국 화를 냈습니다. 버럭 화를 내며 격앙된 목소리로 제자에게 난리를 친 거지요.

그것이 효과가 있었는지 제자는 갑자기 다시 좋은 소리를 내기 시작했습니다. 저는 너무 기뻐서 "그래! 그거야!" 하고 흥분한 목소리로 소리를 질렀습니다. 그러고는 그 좋은 소리를 같이 들어보자고 했습니다. 휴대전화의 녹음 어플을 열어서 좋은 소리를 냈던

지점을 찾는데 너무 앞쪽으로 갔는지 제가 소리치는 대목이 나오는 겁니다. 세상에나! 이런 재수 없는 사람은 처음이었습니다. 저도 제가 화내는 소리를 처음 듣는지라 너무 당황했습니다. 그리고 제자의 인격을 모독하는 저의 추악한 단면을 만났습니다. 화내는 목소리를 들으면서 앞으로 이렇게 살지 말아야지 다짐했습니다. 정말 이건 아니다 싶었습니다.

어떤 삶을 사는지에 따라

　어떤 여자 아이가 노래를 배우고 싶다고 찾아왔습니다. 그 아이의 노래를 들어보기 전부터 노래를 참 잘하겠구나 생각했습니다. 일단 체형이 좋아 보였습니다. 상체가 두꺼웠고 얼굴은 광대가 발달했고 목도 짧았습니다. 고음을 아주 잘 내게 생긴 외모였습니다.

　서로 인사를 하고 저는 처음 본 인상을 이야기했습니다. 노래 잘 할 거 같다고. 그렇게 운을 띄우고 발성부터 시작하는데 아니나 다를까 역시 좋은 소리를 갖고 있었고 고음도 굉장히 좋았습니다. 테스트를 받으려고 온 아이였는데 한 시간 동안 호흡 연습하는 법도 알려주고 같이 노래도 부르며 즐거운 시간을 보냈습니다. 페이스북에서 친구도 맺었지요. 그날 저녁, 그 아이가 올린 포스팅을 봤는데 내용이 재밌습니다. 자기가 지금까지 살면서 외모로 칭찬 받기는 처음이라고요. 늘 짧은 목과 툭 튀어 나온 광대뼈가 콤플렉스였는데 이게 이렇게 큰 장점이 될지는 몰랐다면서 살면서 누구를 만나느냐 따라 삶이 전환점을 갖게 되는 거 같다면서 격한 감동의 글을 올렸더라고요.

그 아이가 평범한 삶을 산다면 특별할 것 없는 외모지만 성악가로 산다면 너무나 장점이 많은 외모였습니다. 어떤 삶을 사는지에 따라 삶은 전혀 다르게 불행해지거나 행복해지는 것 같습니다.

이전보다 더

◇◇◇◇◇◇◇◇◇◇◇◇◇◇◇◇◇◇◇◇

몇 년 전 어느 여름에 고3 학생이 찾아 왔습니다. 바리톤이었는데 성대 결절이었어요. 노래를 들어보니 목도 쉬어서 소리 내는 걸 힘들어했습니다. 하지만 몇 가지 테스트를 한 결과 분명히 노래에 재능이 있더라고요. 저도 오래전 아파서 노래를 못한 6개월이 있었던지라 아이의 마음을 충분히 이해했습니다. 노래밖에 모르는 아이에게 성대 결절은 지금까지 그의 삶에서 가장 큰 시련이었을지 모릅니다.

노래를 공부하는 사람들은 한 번쯤 성대 결절을 겪게 된다는 걸 그 아이에게 일러주었습니다. 대학생 때나 유학 중에, 혹은 활동을 하다가 무리해서 결절이 오는 때가 있는데, 너는 그 시련을 조금 일찍 겪게 된 것 뿐이라고요.

아이는 그 시련을 잘 견뎌내 주었고 어려운 호흡 연습도 잘 해냈습니다. 입시 전에 작은 콩쿨에서 1, 2등을 하고 대학교에도 합격했습니다.

대학 합격자 발표하는 날, 그 아이가 그랬습니다. "선생님 정말 기적이에요! 저 결절이었잖아요!"

성악가에게 결절은 치명적입니다. 하지만 신기한 것은 그 치명적인 고비를 잘 견뎌내면 이전보다 더 좋은 소리를 낸다는 겁니다.

보이지 않는 것도

영화 『미라클 벨리에』의 여주인공 폴라의 가족들은 말을 못합니다. 가족 중에 폴라만이 말을 할 수 있죠. 폴라 외에는 모두 청각장애입니다. 그런데 어느 날 학교에서 음악 선생님이 폴라에게 노래의 재능이 있다는 것을 우연히 발견합니다.

청각장애를 가진 부모님이 딸의 노래를 이해하게 되고, 폴라는 파리의 국립고등음악원에 입학한다는 이야기인데요, 실화를 바탕으로 만든 영화입니다. 이 영화에서 제게 가장 감동을 준 장면은 폴라가 학교에서 발표회를 하는 장면입니다. 가족들이 와서 발표회를 보는데 폴라의 가족들은 듣지 못하지요. 그래도 사람들이 감동하고 환호하는 모습을 지켜보며 폴라 가족도 덩달아 기뻐합니다. 그날 밤 아빠는 폴라에게 와서 노래를 불러달라고 합니다. 들을 수 없으니 폴라의 목에서 울리는 진동을 손으로 느꼈습니다. 딸의 노래를 손을 통해 전해지는 진동으로 감상한 겁니다.

때로 우리는 보이지 않는 노래를 봅니다. 보이지 않는 소리를 믿을 수 있습니다.

　많은 사람들이 보이는 것만을 믿고 보이는 것만으로 판단합니다.
하지만 음악가에게는 보이지 않는 것을 믿게 할 수 있는 능력이 있
습니다. 보이지 않는 것도 보는 우리는 음악가입니다.

거기서는 이렇게

◇◇◇◇◇◇◇◇◇◇◇◇◇◇◇◇◇◇◇◇◇◇◇◇◇◇

　모차르트의 〈들장미〉라는 곡을 제자에게 가르치고 있었어요. 울산대학교에 출강할 때 만난 제자였는데 울산 토박이여서 사투리가 심했습니다. 여자아이였는데 감정 표현이 너무 딱딱해서 레슨하는 데 정말 미쳐버릴 것 같더라고요. 독일어 가사가 경상도 억양과 만나서 더 이상해지는 것 같았습니다. 아무리 감정을 넣어서 불러줘도 따라하지 못하더라고요. 심지어는 가사 내용도 모르고 부르는 것 같았습니다.

　독일어 가사의 의미를 물어보니 가사는 정확하게 공부를 해왔더라고요. 그래서 다시 불러주다가 악보에 적힌 악상 표시가 눈에 띄었습니다. 'lieblich'라고 적혀 있었어요. 작곡가들은 보통, 곡이 시작하는 첫 마디 위에 곡의 빠르기와 분위기를 지정해놓고 있지요. 모차르트는 여기에 '사랑스럽게' 부르라고 적어두었습니다. 그래서 혹시나 싶어 제자에게 물어봤어요. 'lieblich'가 뭐냐고요. 제자는 대답을 못하더라고요.

"내가 이럴 줄 알았어! 그러니까 노래를 그렇게 부르지!"

제가 '사랑스럽게'라는 뜻이라고 말해주고 다시 한 번 앞서 불렀던 것 보다 더 사랑스럽게 불러주었습니다. 제발 거기서는 이렇게 부르라고 언성까지 높였어요. 그랬더니 제자가 제가 말한 것을 받아 적더라고요. 제자가 노래를 하려고 자세를 잡는데 그 순간 거기에 뭐라고 적었는지 너무 궁금한 겁니다. 그래서 그걸 보려고 하니 제자가 움찔하더라고요. 제자는 거기에 이렇게 적어놓았습니다.

닭살스럽게.

성악가의 감각

노래를 할 때에는 시각·청각·후각·미각·촉각 오감을 넘어서 육감
도 있어야 한다고 레슨 때 제자에게 설명하고 싶었습니다. 모든 감
각을 다 열어두고 노래를 하게 되는데 거기에 육감도 있어야 된다
고 생각합니다. 그렇게 표현하자면 영혼까지 담아서 노래를 하는
고도의 집중력을 요구하는데요. 사실 이런 순간은 공연을 하는 저
로서도 일 년에 한두 번 있을까 말까 합니다.

그래도 배우는 제자에게 이런 경험담은 꼭 필요하며 언젠가 제자
도 무대에서 그런 순간을 만나기를 선생 입장에서는 바라지요. 그
런데 아무리 좋은 이야기, 훌륭한 비법이라도 제자의 수준에 맞지
않으면 큰 의미가 없을 것 같았습니다. 이런 전반적인 이야기를 차
근차근 설명해주고 싶었습니다.

제자에게 물었습니다. "오감이 뭐지?"
제자는 말했습니다. "통감, 유감, 격감 그리고…."
그날 저는 대략난감이었습니다.

커다란 감동

오디션을 하는데 한 친구가 푸치니 오페라 《라보엠》에 나오는 로돌포의 아리아를 참 잘 불렀어요. 고음을 시원시원하게 내기에 '유럽 극장에서 활동하고 있나? 아니면 유학하고 이제 막 들어와 활동하는 친구인가?' 생각했습니다.

노래 제목이 〈그대의 찬 손〉이었는데 듣는 가운데 제 손이 다 따뜻해졌습니다. 어디서 활동했는지 궁금하더라고요. 그래서 지원 서류를 확인해보니 성남시립합창단 단원으로 순수 국내파였습니다. 그런데 어쩌면 이렇게 노래를 잘할까 놀라웠습니다. 극소심한 A형 같은 로돌포 배역에 싱크로율 100%의 외모도 갖고 있었습니다.

오디션에 합격하면 소소한 연주를 시키는데 다른 오페라 곡도 아주 훌륭히 잘 부르더라고요. 이렇게 잘하는데 그동안 왜 몰랐을까 싶어서 물어봤더니 이렇게 말합니다. "오디션을 나가면 유학을 안 했다고 쳐다보지도 않더라구요. 당연히 제대로 듣지도 않고요." 그 이야기에 제 가슴이 울컥했습니다.

　그 친구는 리허설을 참 성실하게 하더라고요. 캐스팅이 배역마다 한 명뿐이라 연습 내내 목소리를 아껴줄 것을 당부했습니다. 힘든 일정이었지만 정말로 착실하게 임했습니다. 보통 이 정도 실력이면 엄살을 많이 부리는데 공연 전날 두 번 리허설을 잘 소화해내고 당일 공연 전 리허설도 가뿐히 하더니 공연에서 1막 아리아를 제일 높은 음에서 평소보다 더 끌어주었고 여자 주인공 미미와의 중창에서는 제 눈물까지도 끌어냈습니다. 1막에서 로돌포에게 기대할 수 있는 것들을 충분히 보여주고 3막에서는 더욱 여유 있는 모습으로 그 이상의 것을 보여주었습니다. 문제는 4막에서 미미가 죽고 로돌포가 우는 장면이었습니다. 이건 연기가 아니였습니다. 진짜로 우는 울음이었습니다. 울음소리에서는 그 친구가 성악가로 살면서 서글펐던 혹은 처참했던 그리고 억울했던 울부짖음이 느껴졌습니다.

　유학을 가고 싶어도 여러 사정상 못 가는 친구들이 많습니다. 살면서 젊었던 꿈도 하나씩 잃어버리고 맙니다. 하지만 절대로 그 순수했던 꿈을 저버리지 말기를 바랍니다. 절대로 내가 선택한 길을 후회하지 말기를 바랍니다. 성악가 이준근 씨처럼 세상을 향해 눈물 지으며 많은 사람들에게 커다란 감동을 줄 날이 옵니다.

언젠가 꼭 이루어진다

　제가 예술감독으로 일하고 있는 계양구는 매년 구민의 날 기념으로 오페라를 제작하고 있는데요. 몇 년 전, 오디션을 주최해서 성악가를 뽑았습니다. 푸치니의 오페라 《라보엠》을 위한 배역을 오디션을 해서 뽑을 때 무제따 역에 소프라노 윤현정 씨를 선발했죠. 오디션에서 공연까지는 거의 6개월의 간격이 있어서 오페라에 캐스팅 된 친구들은 자연스럽게 계양구 관내에서 소소한 연주들을 하게 됩니다. 그런 연주를 함께하면서 오디션에 뽑힌 친구들을 더 잘 알게 되는데요. 생각보다 잘하는 친구가 있는 반면 기대한 것만큼 못하는 친구들이 있어 종종 당황하기도 합니다. 윤현정 씨는 생각보다 못했습니다. 함께 다른 공연을 하다 보면 안타까울 때가 많았죠. 그래도 마음 한 구석에서는 오디션 때 너무 좋았기 때문에 언젠가는 꼭 홈런을 칠 거라 믿었습니다.

　우리 계양구 오디션에서 데뷔했던 친구들이 어디선가 잘 활동하고 있는 모습을 볼 때마다 참 흐뭇합니다. 윤현정 씨도 여기저기 중요한 단체에서 활동을 하고 있더라고요. 그래서 얼마 전 계양구에서 매월 마지막 주 수요일 낮 12시 30분에 하는 로비음악회에 섭외했습니다.

계양구에서는 이미 유명한 터라 함께 공연한 여성합창단 분들과 도 반갑게 인사하고 순서에 맞춰 음악회가 진행되었습니다. 윤현 정씨가 나와서 노래를 하는데 이전에 들었던 그녀의 노래가 아니 었습니다. 엄청나게 노래가 늘었더라고요. 당연히 반응도 대단했 습니다.

공연을 마치고 집에 오는 길에 몇 년 사이 일취월장한 소프라노 윤현정 씨가 참 고마웠습니다. 그리고 오디션 때 그녀를 믿었던 게 틀리지 않았구나 하는 생각에 누군가를 믿어주는 마음은 언젠가 꼭 이루어진다는 것을 알게 되었습니다.

어머니의 기도

요즘 참 노래 잘하는 가수들이 정말 많죠. 지금 20대에 세계적으로 활동하고 있는 젊은 한국 가수들이 아주 많습니다. 그중에 제가 참 좋아하는 바리톤이 있는데요. 한국에서 고등학교만 마치고 유럽으로 나가 현지에서 대학과정을 밟으면서 국제 콩쿠르에 입상하며 두각을 나타내고 있는 친구입니다. 당연히 공연도 잘하고 있지요.

몇 년 전 아주 우연히 그 친구 부모님을 알게 되었습니다. 공연을 마치고 나오는데 어느 여자분이 오시더니 "저 바리톤 ○○의 엄마예요"라고 하시는 겁니다. 그래서 제가 "아 그러세요!" 하고 반갑게 인사를 했어요. "아드님이 워낙 훌륭해서 곧 대가가 될 거 같아요"라고 했더니 이렇게 말씀하십니다. "아이고!!! 아니에요. 우리 아들이 선생님처럼 노래하려면 아직도 멀었죠. 언제 우리 아들은 선생님처럼 노래할 수 있을까요?" 한참을 이런저런 이야기를 나누었는데 그 어머님은 아들을 위해서 매일 한 시간씩 기도한다고 하셨습니다.

집에 돌아오는 차 안에서 생각했습니다. 그 친구가 어머니의 기도로 잘되는 거구나…. 저도 분명 저를 위해 기도해주고 마음을 써주는 분들이 있어서 오늘도 가수로서 살아간다고 믿습니다. 이제 저도 나이가 들어 기도를 받는 사람이 아니라 주는 사람이 되었습니다. 늘 응원해주는 마음, 그 마음이 모이고 자라서 어디선가 누구에게는 눈물나는 감동이 됩니다.

내적 갈등, 혹은 내공

전국 시청각 장애 학생 가창 및 무용대회에서 심사를 한 적이 있습니다. 심사하는데 무대에 조그마한 아이가 올라오더라고요. 앞을 못 보는 아이였어요. 반주가 나오고 노래가 시작됐습니다. 엇박자를 몸의 흔들림 없이 매끈하게 부르는데 너무 잘해서 심사위원들끼리 서로 쳐다봤습니다. 아이가 뿜어내는 에너지가 정말 엄청났습니다. 소름이 돋았습니다. 노래가 끝났을 때는 객석이 난리도 아니었지요. 저도 눈물이 다 나더라고요.

오페라의 꽃이라고 하면 아리아를 말합니다. 주인공의 내적 갈등이 최고조에 이르렀을 때 뿜어져 나오죠. 저 또한 가수로 30년을 살면서 쌓인 내적 갈등, 혹은 내공이 있다고 생각했는데, 고은이의 내공은 정말 어마어마하게 느껴졌습니다.

곰곰히 생각해 보면 고은이는 아직 십여 년밖에 안 살았지만 앞을 못 보는 조건에서 오는 내적 갈등은 저보다 몇십 배는 더 큰 것 같습니다.

제가 감동받은 것처럼 고은이가 앞으로 수많은 사람들에게 힘과 용기, 그리고 위로를 줄 큰 인물이 되리라 믿습니다. 앞으로 고은이의 활동이 무척 기대됩니다. 더불어 대회에 참여한 많은 친구들이 보여준, 마음으로 부르는 노래들은 가수로서 저의 삶에 큰 이정표가 되었습니다.

거울이었구나

◇◇◇◇◇◇◇◇◇◇◇◇◇◇◇◇◇◇◇◇

초등학교에 다니는 아들이 봄 방학 하기 전 마지막 날에 장기자랑을 한다기에 피아노 연주를 하라고 했더니 아빠처럼 노래를 하겠다고 하더라고요. 사실 저는 아들이 커서 노래 전공을 하겠다고 하면 시쳇말로 다리몽둥이를 부러뜨려서라도 못하게 할 건데요. 그 이유는 가수의 삶이 정말 어렵고, 저는 아들이 평범하게 살기를 바라기 때문입니다.

그래서 제가 아들에게 노래를 가르치는 일은 절대 없었지요. 그런데 장기자랑에서 노래를 한다 하니 많이도 아니고 10분 동안만 가르쳐주기로 했습니다. 이탈리아 노래 하나를 불러주고 받아쓰라고 하고 또 한 번 불러주었습니다.

피는 못 속인다고 신기하게 잘 따라하더라고요. 아차, 하는 생각에 괜히 가르쳐줬나 싶었습니다. 장기자랑은 화요일에 있다고 하기에 그럼 월요일에 한 번 더 봐줄까 하다가 대충하라고 그냥 안 봐줬습니다.

화요일 저녁에 담임 선생님이 SNS로 아들이 노래 부르는 영상을 보내셨습니다. 저는 영상을 보는 순간 기절할 뻔했는데요. 아들이 노래하는 모습을 보는데 순간 저인 줄 알았습니다. 노래하는 자세는 물론이고 헤어스타일도 제가 공연할 때 늘 하는, 앞머리 세우는 스타일을 한 겁니다.

그 모습이 정말 충격이었습니다. 하지만 곰곰이 생각해보니 제가 공연 준비하는 모습 그리고 집에서 연습하는 모습을 늘 보았던 아들에게는 어쩌면 가장 쉬운 일인지도 모르겠다 싶어졌습니다. 또하나 충격인 것은 아들이 저의 거울이었구나 하는 깨달음이었습니다. 제가 하는 행동, 말, 생각까지도 그대로 빼닮으니까요. 좋은거면 괜찮은데 나쁜 것을 보고 아들이 밖에 나가서 저의 못된 모습을 흉내 낼 수도 있겠다 싶었습니다. 늘 좋은 것만 보일 수는 없겠지만 아들에게 지대한 영향을 미치는 제가 좀더 모범이 되어야겠다고 다짐했습니다. 결국 아들은 장기자랑에서 일등을 해서 담임 선생님과 친구들 그리고 저를 두루두루 놀라게 했습니다.

까맣게 잊어버린

십 년 가까이 만난 후배 가수가 있습니다. 특이하게도 일본에서 유학을 했습니다. 보통 성악은 유럽이나 미국으로 유학을 많이 가니까요. 후배는 일본에서 공부했으니 당연히 일본어에 능통했습니다. 그래서 제가 일본 공연을 갈 때마다 많은 자문을 구합니다. 내년에도 일본 오사카에 있는 연주 단체와 교류음악회를 준비중인데, 그 일로 그 친구와 연락해서 만났습니다. 제가 사는 곳은 인천이고 그 친구는 구미에 살고 있어서 평소 만나기 어려운데 SNS로 연락을 주고받다 보니 때마침 대구 공연이 잡혀서 그 친구와 동대구에서 만났습니다.

그렇게 자주 연락을 하는데도 막상 만나니 어쩐지 조금 낯설기도 했습니다. 그 친구와 이런저런 이야기를 하는데 우리가 언제 어디서 어떻게 만났는지 기억이 나지 않는 겁니다. 문득 이런 생각이 들었습니다. '나는 늘 편하게 이 친구를 대해왔는데 이런 편안함은 어디서 왔을까?' 그래서 물어봤습니다. 우리가 처음에 어떻게 만난 거냐고.

S T A G E

"선생님, 우리 구미에서 오페라할 때 만났잖아요. 그리고 제가 일본에서 공부한 거 아셔서 선생님이 아는 일본 공연도 소개해주시고 많이 도와주셨잖아요!"

십 년 가까운 세월이 지나면서 제가 그 친구를 도와준 것을 까맣게 잊었습니다. 그런데 재미있는 것은 그 친구를 대할 때마다 마음이 참 편했다는 거죠. 그 친구를 도와주고 또 저도 도움을 받다 보니 그 친구가 참 편하고 고마웠던 겁니다. 그 친구와 헤어지고 돌아오는 길에 앞으로도 살면서 많은 사람들을 도와줘야겠다고 생각했습니다.

우리의 믿음이

함께 공부한 지 1년이 좀 넘은 대학생 제자가 있습니다. 오늘 레슨을 하는데 아리아 하나하나를 어찌나 잘 부르는지 눈물이 다 나더라고요. 제자와 반주자 사이에서 눈물 참느라 애먹었습니다.

일 년 전에 저한테 왔을 때는 학교에서 하위권이었지요. 그런데 지난 학기에는 실기 장학금도 받았습니다. 소리가 급격하게 좋아질 때는 본인도 주체를 못하더라고요. 주위에서 그런 소리를 들어본 적도 없고요. 본인은 자신이 가벼운 소리의 소프라노인 줄 알았는데 갑자기 우아하고 무게 있는 소리를 내게 되니 스스로도 놀라웠을 겁니다.

그런 제자의 노래에 제가 감동받아 눈물을 흘렸습니다. 여러 가지로 감사하더라고요. 이제 어디다 내놔도 자랑스러운 가수가 될 것 같고, 또 그동안 저를 믿어준 제자가 너무너무 고마웠습니다. 제 제자가 굉장히 멋진 리릭 소프라노가 될 거라는 믿음이 변함없었지요. 그래서 비법들을 하나씩 알려주었습니다. 제자는 선생이

P
R
E

S
T
A
G
E

가르쳐주는 혹독한 호흡법들을 잘 따라왔습니다. 그런데 곰곰이 생각해보니 잘 따라와주는 힘은 바로 믿음이더라고요. 제자가 잘 될 거라는 믿음, 선생님이 잘 가르쳐줄 거라는 믿음….

우리의 긴 삶도 사랑하는 사람들과의 믿음 덕에 행복한 삶으로 발전해 나가는 것 같습니다. 요즘 같은 어려운 세상에 누구를 믿는다는 것은 참 어려운 일입니다. 지식적인 믿음으로 서로에게 길들여지기보다 마음의 믿음으로 감동이 생길 때 이 세상을 그래도 조금씩 아름답게 만들 수 있을 것 같습니다.

메링 선생님

독일 오페라 《마탄의 사수》. 베버의 작품이죠. 독일 오페라에서
징슈필이라는 장르의 대표적인 오페라가 모차르트의 《마술피리》와
베버의 《마탄의 사수》입니다. 뮤지컬처럼 대사도 있지만, 오페라
인 만큼 당연히 대사가 노랫말로 되어 있습니다. 독일어 대사도 굉
장히 많고 연기도 해야 합니다. 베버의 《마탄의 사수》에서 카스파
역으로 만난 연출가 선생님이 계시는데, 연출의 대가라는 말이 저
절로 나옵니다. 성함은 볼프람 메링이세요.

메링 선생님은 말씀하시는 모든 것이 진리처럼 느껴질 만큼 매순
간 감동을 주셨습니다.

언젠가는 노래를 부르는데 가사의 의미를 담기보다는 소리를 크
게 표현하려고 했던 저의 의도를 간파하셨는지 "입으로 과장하지
말라"고 말씀하셨습니다. 무대에서 아무 생각 없이 서 있을 때 제
자세를 잡아주시면서 하체는 에너지로 버티라고 하셨습니다. 어
떤 캐릭터를 잡아나갈 때 그 캐릭터의 설정으로 석상이 되어 적어

도 한 시간은 한곳만 바라보는 연습을 하라고 하시더라고요. 그리고 또 당부하셨던 것이 있습니다. 작은 역할일수록 평생을 두고 보면 큰 역할이 될 거라고 하셨습니다. 선생님의 말씀 하나하나를 놓치지 않으려고 애썼더니 내면의 에너지가 가슴으로 나오기 시작했습니다. 제 노래가 새로운 국면으로 들어서면서 제 삶도 의미 있는 삶으로 바뀌어 가더라고요.

그 정도의 대가였으면 겉모습도 세련되고 멋진 스타일을 할 수 있었을 텐데 메링 선생님은 언제나 에코백에 몇십 년은 된 듯한 남루한 코트와 구두, 집에서 자른 듯한 헤어스타일을 고수하셨습니다. 80이 넘은 고령에도 번뜩이는 날카로운 눈빛과 작품에 대한 뜨거운 열정을 잃지 않은, 진짜 세련되고 멋진 분으로 지금까지도 생생하게 기억하고 있습니다.

잘 이겨냈구나!

◇◇◇◇◇◇◇◇◇◇◇◇◇◇◇◇◇◇◇◇◇◇◇◇◇◇◇

오랜만에 함께 공연하게 된 동료 가수와 공연장까지 함께 가기로 했습니다. 지방에 있는 공연장이라 간만에 얼굴도 볼 겸해서 그 친구가 제가 있는 쪽으로 와서 같이 출발했습니다. 유학 마치고 돌아와 한동안 열심히 활동하는 것 같더니 갑자기 일 년 가까이 공연하는 모습을 볼 수가 없어서 무슨 일이 있나 싶었던 차에 모처럼 같이 공연하게 되니 참 반가웠습니다.

차 안에서 서로 인사를 나누고 왜 그동안 그렇게 얼굴을 볼 수 없었냐고 물었더니 "선생님, 저 아팠어요" 하더라고요. 어디가 아팠냐고 물으니 성대에 결절이 생겨서 정말 힘든 시간을 보냈다고 하는 겁니다. 가수에게 성대 결절이면 정말 그것만큼 힘든 일이 있을까 싶습니다. 의사가 절대로 노래하지 말라고 해서 노래도 못하고 말도 제대로 못했답니다. 가족들과는 휴대전화에 글을 써서 의사소통을 했다고 하더라고요. 엄청 힘들었을 생각을 하니 저도 마음이 짠했습니다. 그래서 지금은 괜찮으냐고 물으니 말도 살살하고 매일 호흡 연습과 발성으로 소리를 아끼고 있다는 겁니다.

공연장이 멀어서 공연 한 시간 전에 가까스로 도착했는데 주최 측에서 여러 가지 행사를 준비해주셔서 이것저것 하느라 간단한 음향 체크만 하고 무대에 오르게 되었습니다. 제가 사회를 보면서 진행하는 공연이라 분주하게 공연을 이끌고 있었는데 함께 간 친구의 순서가 돌아왔습니다. 저도 오랜만에 그 친구 노래를 듣는 거라 기대를 했습니다.

그 친구가 노래를 시작하는데 소름이 쫙 끼치더라고요. 목이 아팠다던 그 친구 노래 소리가 이전보다 더 힘 있고 풍성해져서 깜짝 놀랐습니다. 노래를 들으면서 '이 친구가 정말 힘든 시간을 잘 이겨냈구나! 그 어려웠던 시련이 몇 단계를 올려놨구나!' 하고 생각했습니다.

가수로 살면서 한번은 꼭 힘든 시간이 오지요. 그걸 이겨내고 나면 이전보다 더 좋은 노래를 부르게 된다는 사실은 언제나 변함이 없습니다.

지금 이 모습 그대로

이백여 명의 학생들이 강당에서 일어섭니다. 그리고 저희에게 노래를 불러줍니다. 두 가지가 놀라웠습니다. 하나는 놀라운 집중력. 또 하나는 심하게 절제된 순수함.

매년 10월이 되면 합창대회를 한다고 하더군요. 선발되면 전국대회를 나가고요. 그래서 합창대회를 위해 단체나 개인으로 열심히 연습한다고 하더라고요.

저의 중학교 때 기억은 쓸쓸하고 공부로 지쳤던 기억이 많습니다. 하지만 저 아이들은 세월이 지나도 합창대회에 나갔던 추억을 떠올릴 것 같습니다. 합창을 어찌나 잘하던지 아이들의 집중력과 순수함에 눈물이 났네요. 그래서 가사 내용을 물어보았더니 사랑하는 사람이 지금 이 모습 그대로이길 바라는 내용이더군요.

한류의 힘을 입어 일본 토요타 시에 있는 아사히가오카 중학교에서 소중한 추억을 만들었습니다. 아이들을 위해서 이 공연을 만들어낸 도요타홀 극장장님, 교장 선생님, 마에스트로 하다메…. 그 아이들에게 한류 성악가를 소개해주고 노래를 들려주게 되어서 아주 기뻤고, 또 참 묘한 짠함이 있었네요.

됐고요

◇◇◇◇◇◇◇◇◇◇◇◇

가수로 살면서 가장 행복한 순간들 중에 하나는 팬이 생기는 겁니다. 관심을 가져주고 공연도 알아서 찾아와주시죠. 무대에 설 때 그 팬들이 주도적으로 응원해주고 있으면 가수로서 보람도 느끼고 노래하는 의미도 커지지요.

제가 활동이 그다지 많지 않았을 때부터 제 팬이 되어주신 분이 있는데요. 십여 년이 지나도 한결같이 제 안부를 물으시고 공연장 어디선가 잔잔한 미소로 언제나 바라봐주시는 팬입니다. 언젠가 그분께 저를 왜 좋아하시냐고 물어봤더니 당신은 베이스 음성이 너무 좋다고 하시더라고요. 그래서 제가 장난 반 진담 반으로 또 물어봤죠. "베이스면 세계적으로 활동하고 있는 스타들을 좋아하시지 왜 저 같은 베이스를 좋아하세요?" 그분은 이렇게 답하셨습니다. "그런 세계적인 가수는 이미 유명하니까 됐고요. 많은 예술가들이 있는데 우리가 관심 갖고 응원해줘야 더 발전할 수 있지 않겠어요? 함 선생님도 지금보다 십 년 후에 더 발전할 거라 믿어요. 그때 가서 저 모른 체나 하지 마세요!"

진짜 십 년이 지났습니다. 그 사이에 정말 그분 말씀대로 저는 더 발전했습니다. 꼭 일류만을 좋아하는 것이 아니라 일류가 아닌 예술가를 사랑해야 한다는 그분 말씀이 맞습니다. 그리고 정말이지 팬분들 덕분에 더 발전하게 됩니다. 팬님들, 고맙고 감사합니다.

나에게는 너무나 당연한 일들

제가 일하고 있는 계양구청에는 합창단이 여러 개가 있는데 그중에 여성합창단이 있습니다. 전체 멤버 구성이 비전공자들이고 거의 가정주부입니다. 그래도 창단한지 10년 가까이 되고 연주도 활발히 하고 있어서 어떤 때는 전공자들 보다 열의가 대단합니다. 심지어 매년 구민의 날 기념으로 올리는 오페라에 합창단으로 함께 서기도 하는데요. 오페라《카르멘》무대에서 불어로 공연하는 모습을 보면 저도 신기하기만 합니다. 계양구청이 기획하고 제작한 첫 작품이 도니제띠의 오페라《사랑의 묘약》이었습니다. 첫 오페라라서 굉장히 긴장되었는데 감독을 하면서 묘약을 파는 약장수로 무대에도 섰습니다. 전체를 감독하면서 노래까지 하려니 여간 힘든 게 아니었는데 그중에서도 정말 다리에 힘이 쭉 풀릴 정도로 기운 빠지는 일이 있었습니다.

저는 오페라에서 가장 중요한 순간이 커튼콜이라고 생각합니다. 당일 공연의 성공 여부도 중요하지만 몇 달을 힘들게 준비해서 공연을 잘 마치고 무대에서 박수를 받는 것도 아주 중요한 일이지요.

그런데 공연이 아직 한 시간이나 남아 있는데 여성합창단 단원들이 합창 부분이 끝나자마자 분장을 싹 지우고 옷을 갈아입고 집에 가려고 하는 겁니다. 제가 놀라서 지금 공연 중인데 어딜 가냐고 물으니 단원들이 저를 빤히 쳐다보면서 우린 다 끝났는데 왜 그렇게 소리치냐는 눈빛으로 이렇게 말씀하시는 것이었습니다.

"남편 밥 차려줘야 해요!"

나에게는 너무 당연한 일도 나 아닌 다른 사람에게는 자세한 설명이 꼭 필요할 때가 종종 있습니다.

베이스 함석헌의 목 관리법

∞∞∞∞∞∞∞∞∞∞∞∞∞∞∞∞∞∞∞∞∞∞∞∞∞

공연도 많고 미팅도 많은데 감기도 잘 안 걸리고 많은 스케줄을
잘 소화해서 그런지 팬분들이 종종 묻습니다. 어디까지나 제 경험
에서 나오는 관리법이니까 참고만 하세요.

아침에 양치질을 하면서 오 분 정도 입안에 오물과 치약 거품
을 참고 있다가 한 번에 확 뱉어내요. 그러면 특히 코 쪽에 이물들
이 같이 쉽게 쭉 나옵니다. 오일요법이랑 비슷한데 저는 오일이 기
도로 넘어가 고생한 적이 있어서 오일요법은 목이 건조할 때만 합
니다.

치약은 꼭 생약 성분의 치약으로 쓰세요. 치약 튜브 끝자락을 보
면 녹색 점선이 표시되어 있는 것이 생약 성분 표시라고 합니다.
개인적으로는 화학성분의 치약을 쓰면 가래가 많이 생기는 거 같
아요. 제 추측입니다.

비타민 C 꼭 드세요. 혈관하고도 밀접한 관계가 있는 거 같아요.

혈액순환이 잘되면 대체적으로 컨디션도 좋아지지요.

견과류의 기름 성분이 목에 정말 좋은 것 같습니다. 넉넉히 드시고 노래해보세요. 별 차이 없으면 성대가 정말 건강한 거구요. 미묘한 차이에서 소리가 좋아짐을 느낍니다.

감을 참 좋아하는데요. 가을에 반시가 나올 때 한 박스 사서 냉동실에 두고 목 많이 쓴 날 집에 와서 먹는데 반시라 당연히 떫습니다. 떫은 게 입안에 들어가면 그 떫은 성분이 안에 있는 점막을 밀어낸대요. 그래서 목에 가래 같은 게 밀려서 더 쉽게 나오더라고요.

반신욕도 좋은 거 같습니다. 저는 물로 하는 게 이래저래 소모되는 게 많은 것 같아서 전기로 하는 나무통으로 된 욕조를 장만해서 반신욕을 하는데 땀은 그렇게 많이 안 나도 몸이 따뜻해져서 좋은 것 같아요.

사과는 몸의 수분을 잡아줍니다. 감기 걸렸을 때는 드시지 마세요. 바이러스가 소변이나 땀으로 나가야 되는데 잘 안 나가게 만든대요. 평소에 건강할 때 많이많이 드세요. 공연 때 틈틈이 먹는데 갈증도 없애주고 목도 좋게 합니다.

홍삼즙은 조수미 선생님도 함께 연주할 때 보니까 드시더라고요. 공연을 하면 아무래도 긴장 때문에 집중력이나 체력적으로 방전이 되기 쉽죠. 그래서 저는 식사를 마치고 한 포를 마십니다. 일단 지치는 느낌이 없어서 참 좋아합니다.

30년을 목으로 살다 보니 저만의 습관이 생긴 건데 도움이 되시면 좋을 것 같습니다.

그 친구 몫까지

친구 병문안 가면서 보름달 카스테라와 딸기우유를 샀습니다. 친구가 제일 좋아하는 간식이지요. 수술과 항암치료로 부쩍 수축해진 친구 앞에 검은 비닐봉지를 거칠게 내려놓으며 투정을 부렸습니다. "한국에 와서 노래로 밥 먹고 살기 너무 힘들다. 독일에서는 오페라 극장서 돈 벌고 살았는데 오늘도 찾아가는 음악회 한다고 길거리서 노래하게 하고 십오만 원 주더라! 노래 그만두고 싶어!"

저의 이야기를 듣던 친구가 대꾸합니다.

"석헌아, 내 마지막 소원이 뭔지 알아? 연미복 입고 한 번만이라도 노래하는 게 소원이야."

노래를 전공했던 제 친구는 그해에 하늘나라로 갔습니다. 이십여 년 전 일이지만 친구를 생각하면 돈이 적든 어떤 무대든 상관없지요. 불평불만도 있을 수 없고요. 서고 싶어도 못 서는 이들을 생각하면 어떤 무대라도 감사합니다. 친구가 떠난 뒤로는 시장, 교도소, 길거리, 숲속, 바닷가, 기차 안, 건물 로비…. 정말 어디서든지 노래를 합니다. 유명한 연주홀이 아니어도요.

　연미복을 입고 무대에 설 때면 가끔 그 친구 생각을 합니다. 그리고 그 친구 몫까지 힘껏 노래합니다.

몰랐던 시절

◇◇◇◇◇◇◇◇◇◇◇◇◇◇◇◇◇◇

지금은 모 대학교에서 원로교수로 활동하시는 어느 지휘자님과 2004년 5월에 오페라를 준비하고 있었습니다. 한참 연습을 하고 있는데 의상 담당 스탭이 오더니 저보고 가봉을 해야 한다고 하고는 음악연습 끝날 때까지 기다린다더라고요. 생각보다 음악연습 시간이 길어질 것 같아서 지휘자 선생님께 양해를 구하고 급하게 갔다 왔습니다.

의상 가봉을 하고 돌아왔더니 휴식 시간이었습니다. 다들 담소를 나누고 있었는데 지휘자 선생님이 그러시더라고요. "참 세상 많이 좋아졌어! 오페라 한다고 의상 때문에 가봉도 하고!" 저는 궁금해 졌습니다. "선생님, 그럼 옛날에는 가봉이 없었어요?" 그 선생님이 말씀하시기를 "가봉이 어딨어! 공연 날 소프라노 주역 가수가 방에서 바느질하고 그랬어!"라고 하셔서 모두들 박장대소했습니다. 선생님의 옛날 얘기는 거기서 끝이 아니었습니다. "내가 오스트리아에서 공부하고 돌아왔을 때가 그러니까 1970년대인데 그때는 공연하다가 사고가 나도 다들 기다려줬어! 오케스트라가 중간에 어

디를 하는지 몰라서 멈춰도 가수가 가사를 까먹어서 못 부르고 그
냥 서 있어도 다 이해해줬어! 지금 같으면 그렇게 공연을 하거나
사고가 나면 컴플레인하고 환불 받고 나가버리지, 그때는 그런 것
도 없었어!"

그 이야기를 듣는데 정말 이해가 안 되더라고요. 그래서 제가 어
떻게 그럴 수 있냐고 다시 여쭈니 지휘자 선생님이 그러는 겁니다.

"그때는 공연을 하는 사람이나 보는 사람이나 몰랐던 때야! 그렇
게 다들 몰랐는데도 좋아했어!"

그렇지요. 사랑도 그렇죠. 아무것도 모르고 마냥 좋아할 때가 제
일 좋았던 거 같습니다.

무엇을 보고 사는지

한 어린이합창단에게 찬조출연을 부탁받았는데요. 공연장이 철원이었습니다. 철원은 초행길이라 미리 여유 있게 출발했는데요. 의정부를 지나 포천을 지나 한참을 더 가니 그제서야 철원이 나오더라고요. 고속도로가 아닌 길이여서 유난히 길게만 느껴졌습니다.

어린이합창단이 다섯 곡을 부르면 그다음이 저의 순서였습니다. 노래하는데 이분들 반응이 유난히 좋더라고요. 저의 순서를 잘 마치고 아이들이 마지막 스테이지를 멋지게 마무리 했습니다. 당연이 앵콜이 나왔죠. 아이들의 첫 앵콜곡이 〈고향의 봄〉이었습니다.

리허설 때부터 느꼈는데 아이들이 노래를 잘할 뿐만 아니라 도시 아이들과 무엇인가 다른 여유로움이 느껴졌습니다. 얼굴도 참 평온해 보였어요. 아이들이 〈고향의 봄〉 앵콜을 부르는데 '나의 살던 고향은 꽃피는 산골' 부분을 노래하는 아이들 얼굴에서 철원의 넓은 평야가 보이는 듯했습니다.

철원 아이들이 뛰어노는 그 시골 풍경이 눈앞에 펼쳐지는데 찬조 출연으로 갔던 제가 오히려 감동받아 눈물을 흘렸습니다. 아이들은 노래를 부르면서 지금 살고 있는 철원의 모습을 떠올렸을까요? 어쩌면 아이들 몸에 배인 철원 그 자체가 노래와 함께 실려온 건지도 모르겠습니다. 어쨌든 저는 아이들의 얼굴에서 아름다운 철원을 보았고 사람이 무엇을 보고 무엇을 느끼며 사는지가 참 중요하다는 것을 새삼 느꼈습니다.

마음의 거울인 제 얼굴이 한없이 부끄러웠습니다.

표도르 샬리아핀

지독히 가난한 집안에서 태어나서 어린 시절이 참 불행했던 샬리아핀이었습니다. 콜레라로 죽은 시체들의 주머니를 뒤질 정도였으니 얼마나 어려웠을지 짐작이 갑니다. 기적적으로 우사노프 스승을 만나 노래를 배우고 후에 극장에 데뷔해서 첫 시즌부터 많은 돈을 벌기 시작했지만 어설픈 연기력이 줄곧 지적되었죠. 그래서 샬리아핀은 연극배우에게 따로 연기법과 분장하는 법을 배웠습니다. 훗날 이 연기법과 분장이 샬리아핀을 전설적인 가수의 반열에 올려놓는 큰 역할을 했습니다. 혹자는 전통적인 발성의 가수가 아니라고 하지만 이만한 카리스마의 가수가 드뭅니다.

많은 분이 제게 연기를 좀 한다고 말해주십니다. 저도 연극학을 따로 공부했고 오랜 시간 연기를 독학했습니다. 그래서 그런지 가끔 이런 생각이 듭니다. 왜 학교에서는 정작 중요한 것을 안 가르쳐주는 걸까?

내가 선물입니다

백조가 못 되리라는 법

초등학교 때는 목소리가 고음이어서 좋았습니다. 학교에서 노래를 불러야 하는 때가 있으면 도맡아 불렀습니다. 그런데 사춘기가 오자 변성기가 시작되더니 자고 일어나면 목소리가 잠기고 급기야 목소리가 저 지하 세계로 들어가듯 낮아졌습니다.

문제는 목소리가 너무 울려 상대방이 내 말이 못 알아듣는 경우가 종종 생긴다는 거였어요. 지금은 내성적인 성격이 아닌데 그때는 너무 내성적이고 소극적인 성격이라 제가 말하는 걸 사람들이 못 알아들으면 더 주눅이 들었습니다.

심지어는 잔돈 달라는 말을 못해서 점원을 기다리다가 그냥 온 적도 여러 번 있었지요. 그러던 어느 날 음악 시간에 맨 앞에 앉아 음악 선생님의 반주에 맞춰 노래를 부르는데 역시나 고음이 전혀 나지 않아 옥타브를 낮춰 부르는데 음악선생님이 힐끔힐끔 쳐다보시더니 "너 좀 남아!" 하시는 겁니다. 가뜩이나 소심한데 수업 내내 무슨 잘못을 했나 두려움 반 걱정 반으로 수업을 마쳤습니다.

수업을 마치고 음악선생님이 이렇게 말씀하셨어요. "너, 베이스야!" 그게 뭐냐고 여쭸어요. "성악에 테너, 바리톤, 베이스가 있는데 넌 베이스야. 베이스는 드물어! 한번 노래 공부해볼 생각 없어?"

그렇게 노래를 시작했지요. 그리고 삼십 년이 흘러 이제 중견 성악가가 되었습니다. 집도 가난하고 성적은 나쁘고 성격은 소심하던 미운 오리 새끼가 지금은 전혀 다른 모습으로 백조 흉내를 내며 살고 있습니다.

당장은 미운 오리 새끼여도 열정으로 세월을 가르다 보면 백조가 못 되리라는 법은 없지요.

삶에게 미안하다고

독일에서 극장 오디션을 하고 다닐 때가 있었습니다. 극장 오디션, 매니지먼트 오디션, 국제 콩쿠르 등 수많은 오디션으로 아주 징그럽게 이 도시 저 도시를 다녔던 때가 있었습니다.

한 번은 극장 오디션을 봤는데 떨어졌습니다. 그 원인을 분석했습니다. 극장장이 동양인을 안 좋아하기 때문이라고 생각했습니다. 국제 콩쿠르에 나갔다가 떨어져서 돌아오는 길에는 이렇게 생각했습니다. 여자 심사위원들이 베이스보다는 테너를 더 좋아해서 제가 떨어진 거라고. 언젠가 베이스를 뽑는 오디션에 나갔을때는 유럽인 베이스보다 키가 작아서 탈락했다고 생각했습니다.

그런 이유들을 생각할 때마다 심사위원들을 막연히 미워하고 원망까지 했었지요. 그런데 이제 나이가 들고 노래가 어느 정도 궤도에 올라오니까 생각이 달라졌습니다. 사실 못해서 떨어진 거였습니다.

실력이 없어서 떨어진 겁니다. 아주 당연한 건인데 인정하고 싶지 않았던 것 같습니다. 있는 그대로 인정했다면 부족한 것을 찾아 더 공부하고 발전시켰을 텐데 어설픈 이유를 만들어 자신을 합리화했던 지난날의 제가 보입니다. 이제야 삶에게 미안하다고 고백합니다.

ON-STAGE

: 더 깊은 감동이

나만의 길

소프라노는 아름답고 테너는 매력이 있지요. 메조 소프라노는 우아하고 바리톤은 멋집니다. 알토는 따뜻하고요. 그러면 베이스는? 저는 베이스라서 늘 고민했습니다. 진중하게, 무게감 있게 할 것인가, 아니면 다른 파트들을 따라서 할 것인가? 그것도 아니면 나만의 길을 갈 것인가?

결국은 저만의 길을 택했습니다. 그래서 택한 게 '행복하게'였죠.

베이스는 '행복하게' 입니다. 보통의 베이스 역은 아버지, 왕, 수도승, 살인자 이런 역이 많은데, 가끔은 약장수나 모사꾼 같은 역할도 있습니다. 이상하게도 어렵고 또 다른 파트에서는 하지 않는 역이 많습니다. 무게감이 있는 역은 역시 베이스가 맞다고 생각하기 때문일 겁니다.

오랜 시간 무게 있는 배역만 노래했기 때문에 갑자기 가벼운 역을 할 때가 더 어렵고, 맞지 않는 옷을 간신히 입고 있다는 갑갑함이 있습니다. 하지만 나보다는 관객이 먼저였고 내가 관객을 위해서 존재하는 사람이라고 생각하면 마음이 달라집니다. 그리고 그에 따르는 직업적 관점의 수익을 생각합니다. 당연히 베이스는 행복하게 관객 앞에서 웃음을, 기쁨을 드리는 역할입니다.

행복하게 연주하고 있으면 이렇게 살기를 잘했다는 생각이 듭니다.

표현들이 살아서

◇◇◇◇◇◇◇◇◇◇◇◇◇◇◇◇◇◇◇◇◇◇◇◇◇◇

지금까지 가수로 살면서 '연습'이라는 시간을 참 많이 보내왔습니다. 연주자로서 공연한 시간보다 연습한 시간이 많다는 것은 당연한 이야기죠. 막막한 심정으로 연습을 합니다. 대학교 다닐 때는 학교에서 실기 성적이 잘 나오게, 유학 가서는 콩쿨이나 극장 오디션에서 합격이 되게 연습합니다. 그렇게 알 수 없는 미래를 향해서 연습합니다. 좋은 가수가 되기 위해 연습, 연습, 또 연습합니다. 참 막연하고 힘든 시절이지요.

가장 힘들었을 때가 언제였냐면요. 아무 연주 없이 8개월을 연습만 할 때였습니다. 그 기나긴 연습을 할 때, 수입은 전혀 없고 포기하고 싶을 때가 한두 번이 아니었습니다. 그런데 가장 어려운 상황이 되어보니 그제서야 나의 내면이 보이기 시작했습니다.

그때부터는 슬픈 노래는 슬프게, 아픈 노래는 아프게, 기쁜 노래는 기쁘게 부를 수 있었습니다. 가수로서 새로운 길을 걷게 된 것이죠. 그전에는 슬픈 노래는 슬픈 척, 아픈 노래는 아픈 척, 기쁜 노래는 기쁜 척 불렀던 겁니다. 혹독하고 처절한 연습은 나를 내면의 세계로 이끌어 주었습니다.

음악은 기본적인 음정이나 소리를 넘어서 자기 내면의 것을 표현하는 순간, 표현이 살아서 자라납니다.

자기만의 십자가를 사랑할 때

예수님이 십자가를 지고 골고다 언덕을 올라가셔서 그 십자가에 자기 몸을 매달았습니다.

인생을 살면서 누구나 자기만의 십자가가 있지요. 잠시 느끼는 힘든 것 말고 내 몸에 박혀 내 몸이 된 십자가요. 그 십자가를 마음 깊이 받아들이면 삶을 온전히 바라보게 되는 거 같습니다.

저에게는 그 십자가가 노래라고 생각합니다. 가수이니까요. 무대에서 행복하게 노래하는 모습이 좋아 보인다는 말을 들을 때, 가끔은 절대 그렇지 않다고 말하고 싶어질 때가 있습니다.

예를 들어 몸이 아픈데도 무대에 서야 했을 때, 혹은 막 무대에 올라가려고 하는데 아주 나쁜 소식을 듣게 될 때면 직업으로 노래하는 삶이 참 고통스럽습니다. 하지만 누구나 그런 십자가 하나는 갖고 살죠. 자신이 짊어진 십자가를 거부할 때 삶은 뜻하지 않은 불행에 빠집니다. 내 십자가를 받아들이지 못해서 힐링이 필요했고 위로가 필요했고 소통이 필요했던 것이지요. 내 십자가의 무게가 내 삶의 깊이가 되고 내 십자가의 고통이 내 삶을 이겨낼 힘이 됩니다.

　내 십자가를 오롯이 받아들일 때, 내 십자가가 무엇인지 알게 되었을 때 삶의 마지막 목적지도 알게 되고 그때가 언제인지도 알게 됩니다. 자기만의 십자가를 사랑할 때, 십자가도 그제서야 나를 사랑합니다.

베이스 성악가

누가 악역을 하고 싶어 할까요? 하지만 베이스는 남들이 하기 싫어하는 역을 많이 합니다. 오페라에서 주역들은 소프라노와 테너들이 많이 하고 베이스는 바리톤에도 밀려 언제나 조역이지요. 조역을 하고 싶어서 노래를 시작한 건 아닌데, 누구도 원하지 않는 역을 위해 분장하고 있을 때면 태어나기를 광대로 태어났나 싶습니다.

똑같이 연습을 시작해도 베이스는 극에서 맡은 비중이 약해서 개런티도 적습니다. 주로 (성자, 신부님, 왕 등의 선한 역도 있지만) 악역이나 웃긴 캐릭터이기 때문에 만약 노래를 시작하기 전에 이런 상황을 알았다면 노래를 시작하지도 않았겠다 싶습니다.

하지만 베이스로 활동하면서 주역이 아닌 조역의 삶을 이해하고 사랑하는 법을 알게 되었죠. 공연에서 조역이 탄탄해야 극이 성공한다는 것도 알게 되었고, 조역이 강력하면 주역이 그 에너지를 받는다는 것도 깨닫게 되었습니다. 연륜이 쌓일수록 보잘것없어 보

내가 선물입니다

이는 역들에 더 마음이 가고 사랑하게 되었죠. 커다란 것보다 작은 것들을 사랑하는 삶. 그래서 베이스 성악가로 살게 된 것이 많이 행복하고 고맙습니다.

지금 힘든 시간 속에 있다면

국립오페라단 상근단원(2003~2008년) 시절 어느 날, 단장님이 오페라《사랑의 묘약》의 약장수 둘까마라 역을 준비하라고 하셨습니다. 그 당시 저는 제가 바쏘 세리아라고 생각했기 때문에 바쏘 부파인 둘까마라는 도저히 할 수 없는 레퍼토리라 생각했습니다. 바쏘 세리아와 바쏘 부파는 베이스를 좀더 세분화한 표현입니다. 세리아는 서정적인 느낌을 주고 부파는 재미있는 캐릭터를 말합니다. 이전에는 왕, 아버지, 제사장 이런 역할을 맡았는데 갑자기 사랑의 묘약을 파는 약장수라니 정말 당황했지요.

저의 노래 인생에서 레퍼토리로 인해 겪은 최고의 힘겨움이었습니다. 사실 독일 극장에서 일할 때도 매니지먼트사에서《사랑의 묘약》의 약장수를 준비하라고 한 적이 있습니다. 그때 준비하는 과정에서 "이건 절대 나와 맞지 않는 레퍼토리야"라고 하며 절대 안 하겠다는 다짐까지 했었죠.

막상 연습을 시작하니 역시나 목에 부담이 컸습니다. 특히 첫 등장 때 부르는 곡이 여간 어려운 게 아니었어요. 곡이 끝나지도 않았는데 목에 무리가 가기 시작하더니 연습할 때마다 목이 쉬어버렸습니다. 그런 상황이 반복이 되다보니 왜 목이 쉬는지 곰곰이 되짚어 보게 되었지요. 저를 객관적으로 보게 되었습니다. 그래서 깨달은 것이 제가 생각보다 굉장히 넓게 노래를 부른단 것이었습니다. 넓게 부른다는 말은 전문적인 표현인데요, 소리가 모아지는 초점이 있는데 그 초점보다 더 크게 과하게 낸다는 겁니다. 그래서 소리의 볼륨도 줄이고 과하게 입을 벌리지 않는 연습을 하니 조금씩 나아졌습니다.

그 문제를 해결하니 노래가 업그레이드된 것 같았습니다. 늘 가만히 서서 노래만 하는 것에 익숙했는데 약장수라 움직임이 많아지니까 자연스럽게 힘이 풀리면서 더 좋아지더라고요.

그 레퍼토리는 제가 넘어야 할 산이었던 것 같습니다. 거의 반년 이상을 고민하고 아주 힘들게 연습했지요. 결국, 공연은 잘 끝났고 큰 산을 넘은 저는 튼튼한 다리를 갖게 되었습니다.

국립오페라단에 상근단원제가 없어지고 프리랜서가 되면서 부산시향에서 하게 된 첫 공연이 《사랑의 묘약》이었습니다. 더욱이 한국말로 불러달라고 해서 직접 번역해서 불렀지요. 반응이 엄청 좋아서 이 곡은 바로 제 단골 레퍼토리가 되었고 번역을 제가 직접 쓰는 말로 했기 때문에 제 몸에 딱 맞는 곡이 되었습니다. 그리고 모든 콘서트에서 불러 어딜가나 반응이 좋아 또다시 공연 섭외가 왔습니다.

그때 그렇게 고민하고 연습했던 시간은 고통스러웠지만 지금 생각해보면 그 시간은 제 삶에서 꼭 필요한 시간이었습니다.

지금 힘든 시간을 겪는 분이 있다면 분명히 나중에 지금 이 시간에 감사하게 될 거라고 말해드리고 싶습니다.

특별한 비법

예전에는 어떤 특별한 비법을 알게 되면 노래를 잘할 거라 생각했었습니다. 그러나 노래를 삼십 년 가까이 하면서 노래가 가장 많이 늘었던 때가 언제인지를 생각해보면 별것 아니라고 여겼던 곡, 혹은 돋보이지 않은 것들을 소중하게 불렀을 때였습니다.

그것은 마치 불쌍한 이들을 사랑했던 그분의 위대한 사랑과도 같은 것이지요. 노래를 사랑하는 데에 있어 강하고 크고 화려한 것에 마음을 두지 않고 약하고 작고 화려하지 않은 음과 가사에 마음을 두는 것과도 같습니다.

사분의 사 박자의 경우 우리는 학교에서 강/약/중강/약 이렇게 배웁니다. 실제로 〈학교종이 땡땡땡〉을 불러도 '학'은 강하게 '교'는 약하게 '종'은 중강으로 '이'는 약으로 부르지요. 노래를 전공하고 아주 오랫동안 거의 모든 노래를 이런 패턴으로 부르다보면 당연히 강박에 에너지를 줍니다. 하지만 삼십 년을 노래하고 깨달은 것은 강박보다는 약박을, 긴 박자보다는 짧은 박자에 더 에너지와

O
N

S
T
A
G
E

마음을 두는 저를 발견했습니다. 노래 이외에도 나이가 들수록 소소한 것에서 행복을 느끼고 삶의 의미를 만나는 것이 어쩌면 삶은 노래와 너무 닮은 것 같다는 생각을 합니다.

특별한 것보다 작은 것들을 하나씩 해결해 나가는 것이 가장 특별한 비법인 것 같습니다.

어디론가로 떠나게 할 수 있는

~~~~~~

교도소에 봉사 연주를 종종 가는데 공연장까지 들어가는 길은 무섭기도 하고 어쩐지 신경이 곤두섭니다. 보안검색도 철저하고 몇 개의 큰 벽들을 지나 철문을 통과할 때면 '여기는 정말 다른 세상이구나!' 싶습니다. 똑같은 옷을 입은 죄수들의 표정 없는 얼굴들을 보면 저도 모르게 경직되기도 합니다.

가을바람이 시원한 10월에 여주교도소에 갔습니다. 공연장에 들어서니 벌써 몇 백 명의 남자 죄수들이 강당에 있더라고요. 연령층도 다양했습니다. 제가 일하는 계양구의 여성합창단과 함께 가서 여성합창단의 노래로 시작해 제가 솔로를 하고, 다시 여성합창단으로 번갈아가며 공연을 진행했습니다. 여성합창단 공연이 분위기가 좋아서 덩달아 제가 솔로로 노래하는데도 반응이 좋았습니다. 제가 〈10월의 어느 멋진 날〉을 부르는데 한 남자가 눈을 감더니 입가에 미소를 짓는 겁니다. 그리고는 아기가 행복해하며 잠든 것처럼 제 노래를 듣더라고요.

무섭게만 보였던 죄수의 온화한 모습에 오히려 제 마음이 따뜻해졌습니다. 바닷가 모래사장에서 노는 아이같은 그의 얼굴이 너무 행복해 보였습니다. 잠시나마 힘든 그 자리에서 벗어나 노래를 들으며 행복했던 어떤 순간을 떠올렸던 게 아닌가 싶습니다. 어떤 사람은 자기가 살던 집 앞마당에 있고, 또 어떤 사람은 꽃잎이 날리는 평온한 언덕에 있고, 어떤 분은 좋아했던 거리에서 사랑하는 사람과 걷고 있는 것 같았습니다. 제가 노래하면서 그들에게 눈물이 되고, 그들을 어디론가 떠나게 할 수 있다는 게 정말 신기했어요.

제 노래가 그분들께 잠시나마 교도소 안이라는 사실을 잊어버리고 평화로운 순간을 누리게 했다는 것이, 제가 노래를 하는 사람이라는 것이, 참 감사한 날이었습니다.

자괴감마저

몇 년 전에 KBS 「클래식 오디세이」라는 프로그램에서 섭외가 들어와 오페라 아리아, 가곡, 영화 음악을 녹화했지요. 그 중에 〈나는 고양이를 샀다네〉라는 곡이 있었는데 미국 작곡가 아론 코프랜드의 곡이었습니다. 내용은 단순하지만 동물 여섯 마리를 나열하면서 순차적으로 이어서 불러야 해서 고도의 집중력이 필요한 곡입니다. 자칫 잘못해서 동물 순서가 바뀌기라도 하면 수습을 할 수 없는 곡이라 제 레퍼토리로 자리를 잡기까지 여러 달이 걸렸습니다.

워낙 재미있는 곡이라 방송이 나가자마자 유튜브나 음악동아리, 카페 같은 곳에 영상이 올라오기 시작했습니다. 그런데 정작 그 노래를 부른 저는 그 노래가 싫었고 창피하기까지 했습니다.

저도 나름 중견 성악가이고 경력도 화려한데 유치한 곡으로 알려지는 게 싫었던 겁니다. 그리고 꼭 이런 노래를 부르며 살아야 하나 자괴감마저 들더라고요. 하루 일과를 마치고 집에 오면 영상

올린 사람들에게 메시지를 보내 영상을 내려달라고 하는 것이 일상이 되었습니다.

그러던 어느 날 경기 필하모니 오케스트라에서 어린이날 때 이 곡을 불러달라는 섭외가 왔습니다. 하필 이 노래인가 싶었는데 어린이날이니까 특별히 이해하기로 했지요. 그리고 이 곡과 함께 오페라 《사랑의 묘약》에 나오는 약장수 아리아까지 두 곡을 불렀습니다.

달랑 두 곡을 불렀는데 통장에 찍힌 개런티가 이백만 원이나 됐습니다. 그때부터 고양이가 너무 좋아졌습니다. 돈이 좋긴 좋은가 봅니다.

마음이 간사한

성악의 남자 파트는 크게 테너, 바리톤, 베이스로 나뉩니다. 저는 베이스라서 20대에는 언제나 나이보다 늙은 역으로 무대에 올랐습니다. 처음에 데뷔한 오페라도 모차르트의 오페라《마술피리》의 자라스트로, 일명 짜라투스트라 역이었습니다. 20대 나이에 60대 이상의 역을 많이 한 거죠. 그래서 지금 생각해보면 제 나이보다 더 늙게 소리를 냈고, 더 빨리 나이 들고 싶어 했습니다.

빨리 사십대가 되어 무르익은 소리를 내고 싶었던 거죠. 그런 마음이다보니 과장하게 되고 오버 액션이 많았던 게 사실입니다.

그런데 나이가 들어 사십 중반이 되니 이젠 나이 든 소리를 일부러 안 내도 나이 든 소리가 나는 거지요. 한편으로는 이렇게 노래하는 시간이 앞으로 십여 년 정도라고 생각하니 더 우스운 상황이 되었습니다. 어떻게 하면 더 젊게 소리를 낼까 고민에 빠진 겁니다.

나이가 드니 소리는 오페라 배역들과 자연스럽게 맞는데 소리의 탄력은 젊었을 때보다 떨어지고 힘이 떨어지는 소리가 나면 아차 싶습니다. 그래서 더 집중해서 소리에 중심이 생기도록 신경 씁니다.

그 옛날에는 더 늙게 소리를 내려고 했는데 이제는 더 젊게 소리를 내려고 하고 있으니 사람 마음이 참 간사한 것 같습니다.

타임머신처럼

MBC 「가곡의 밤」에 출연한 적이 있었습니다. 40년이 넘게 이어져온 프로그램으로 클래식 공연으로는 압도적인 역사와 전통을 자랑하지요. 이 공연에는 초창기에 무대에 섰던 원로 가수들과 현재 활발히 활동하는 젊은 가수들이 총집합 합니다. 한국 가곡계의 가장 멋진 무대지요. 저도 어려서 TV에서만 봐왔던 유명한 성악가들과 함께한다 생각하니 상기될 수밖에 없었습니다.

엄정행 선생님의 〈목련화〉, 오현명 선생님의 〈명태〉는 꼭 그분들의 음성으로 듣는 것이 가장 좋은 듯합니다. 저도 가끔 명태를 부르는데 아마 오래 전에 오현명 선생님의 명태를 즐겨 들으신 분이 저의 명태를 듣는다면 아마 속으로는 '〈명태〉는 오현명이지' 하고 생각할지도 모릅니다.

이 음악회가 오래 이어져온 만큼 전체적인 준비과정도 상당히 틀이 잘 잡혔다는 느낌을 주었지요. 그런데 저는 살짝 궁금한 게 있었습니다.

원로 선생님들의 기량이 젊을 때보다는 많이 떨어지고 어떤 선생님은 공연이 가능하실까 하는 걱정이 될 정도입니다. 그래서 공연 주최측에 여쭤보았지요. "원로 선생님들을 섭외하시는 이유가 있으세요?" 몇십 년 동안 이 프로그램을 함께하신 관계자 분이 이렇게 얘기했습니다. "우리 공연을 보러 오시는 관객 분들은 가수들의 기량이 아니라 추억을 들으러 오시는 겁니다."

대학교 때 들었던 그 노래는 대학생으로 만들어주고 고등학교 때 들은 가곡은 몇십 년이 흘러도 다시 그때로 돌아가게 해준다고 하더라고요. 노래는 가끔 타임머신처럼 내 마음의 시간을 돌아가게 합니다.

기다리고 있다는 것을

가끔 대학교 특강을 갑니다. 인문학 콘서트처럼 저만의 주제로 공연과 함께 진행하는데요. 대학교마다 분위기가 다르고 또 가는 도시마다 조금씩 반응의 편차가 있지만 대체적으로 호응이 좋습니다.

모 대학에서 특강 「나를 찾아가는 스토리텔링」으로 멋진 시간을 보냈습니다. 학교에서 학생들에게 이렇게 좋은 프로그램을 제공해도 엎드려 자거나 핸드폰만 보고 있는 학생들이 있기 마련이지요. 그럴 때면 강의하는 사람이 당황하게 됩니다. 자연스럽게 목 상태가 나빠지고 천국과 지옥을 왔다 갔다 하다가 지옥에 빠진 저를 봅니다. 이번에도 역시 예상했던 대로 몇몇 학생들이 그러고 있었습니다. 충분히 그럴 수도 있다고 봅니다. 전날 밤새 아르바이트를 했을 수도 있고 국가안보와 관계되는 중요한 문자를 주고받는 중일 수도 있으니까요. 그래도 마음에서는 이런 생각이 들더라고요. '자든 말든 시간만 때우고 그냥 가자. 애들이 떠들든지 관심 없어 하든지 무시하고 진행하자!' 그런 생각도 잠깐 들었지만 학생들과 제가 만난 시간이 너무 귀하고 소중하다는 생각이 들었습니다. 그래서 공연 진행하면서 노래 부를 때 가서 흔들어 깨우고 노래가 끝나면 전하고 싶은 메시지를 재미있는 이야기로 전하곤 했습니다.

꼭 들려주고 싶은 이야기가 있었거든요. 특강 중반에 접어들면서 제 마음이 학생들에게 닿았는지 모두 다 집중해주었고 마지막에는 행복이 담긴 갈채를 뜨겁게 쏟아냈습니다. 특강이 끝나고 난 뒤 몇몇 학생들은 연락처까지 받아가더라고요.

예의를 지키지 않으면 쉽게 상처받는 세상입니다. 내가 조금 상처받더라도 기다려주면 더 큰 이해와 용서가 기다리고 있다는 것을 알게 되었습니다.

칭찬을 받을 때마다

◇◇◇◇◇◇◇◇◇◇◇◇◇◇◇◇◇◇◇◇◇◇◇◇◇◇

이탈리아에서 처음으로 데뷔한 오페라가 모차르트의 《마술피리》
였습니다. 자라스트로라는 역인데 노래만으로 보면 그렇게 분량이
많지 않지만 중요한 아리아 두 개가 있고 유명한 삼중창이 있지요.
베이스 가수들이 꼭 부르는 레퍼토리입니다. 이 역이 힘든 이유는
어마어마하게 많은 대사 때문입니다.

독일 오페라에는 징슈필이라는 독특한 형태의 장르가 있습니다.
노래한다는 뜻의 '징앤'과 연기하다의 '슈필렌'이 합쳐진 이름인
데요, 노래만 부르는 오페라를 넘어서 연기를 요구하는 더 발전된
양상을 보여줍니다. 그만큼 연기적인 요소가 많다보니 자연스레
대사도 많은데요, 특히 자라스트로 역이 대사가 엄청 많습니다.

그래서 이탈리아에서, 그것도 독일어 작품에 섭외가 들어왔을 때
제일 걱정한 것이 대사였죠. 두 달 가량의 연습 기간이 있었는데
결국은 공연 당일까지도 따로 대사 지도를 받아서 무대에 올라갔
습니다. 그만큼 고충이 컸는데, 제 어려움은 말도 못 꺼낼 정도로

큰일이 터졌습니다. 주역 가수 타미노가 갑자기 아프기 시작하더니 급기야 공연 전날 공연을 못하겠다는 겁니다.

극장장은 부랴부랴 커버로 연습시켰던 러시아 테너에게 주역을 맡겼습니다. 공연 전날 하는 제네럴 리허설 커버 단역을 맡았던 러시아 친구가 불렀습니다. 그런데 이 친구가 단역으로 노래를 할 때는 잘 몰랐는데 주역으로 노래를 하니 생각보다 너무 잘해서 모든 관계자들이 칭찬을 하더라고요. 심지어 극장장이 전체 스텝 다 모인 자리에서 그 친구를 엄청나게 칭찬했습니다. 작은 역이지만 성실히 준비했고 이런 어려움에 빠졌을 때 메시아처럼 우리를 구원했다고 하면서 큰 박수와 함께 결국 극장장은 단역을 했던 주역 커버를 첫 공연에 올리기로 발표했습니다.

첫 번째 공연을 중요하게 생각하는 유럽 현지에서 단역을 맡았던 친구가 주역을 맡게 되니 굉장히 신이 났지요. 단역을 맡았을 때는 착하고 불평 하나 없다고 생각했는데 그 하루 사이에 자기가 필요한 요건들을 강하게 요구하기 시작하더니 세상에서 제일 잘나가는 콧대 높은 가수가 되어버렸습니다. 단 하루만에요. 그렇게 하기도 힘들 텐데 말이에요. 그래도 모든 사람들은 첫 공연이 잘되기를 바라고 있었지요.

공연이 시작되었습니다. 그런데 이 커버 친구가 자기의 상대역인 아주 예쁜 소프라노와 무대 뒤에서 수다를 떨다가 무대로 들어오는 타이밍을 놓친 겁니다. 그러더니 당황했는지 다음 동선을 또 까먹은 거죠. 심지어 노래도 엉망이었습니다. 첫 공연이 끝나고 극장장이 그 테너 방으로 들어갔습니다. 전날 그렇게 칭찬을 했던 극장장이 소리를 지르더라고요. 너 때문에 우리 공연이 망했다고.

다음 날 지역 신문에 리뷰가 났습니다. 주역 캐스트에 관한 평이 났는데 지역 신문이라 악평은 안 쓰는지 테너 주인공 역만 리뷰가 없었습니다. 대신 동양에서 온 별이 오늘 밤 우리에게 나타났다고, 특히 긴 대사를 훌륭히 소화했다고 저에 대한 기사가 난 겁니다.

다음 날 극장에 두 번째 공연을 갔는데 공연 전 극장장이 다 모이라고 하더니 아팠던 테너 주역이 다시 오늘 밤 노래하게 돼서 너무 기쁘다고 하면서 저를 불러 무대로 올리고는 이렇게 말했습니다.

"처음에는 자라스트로가 대사가 많아서 걱정이었는데 마치 독일 사람처럼 너무 잘해주었고 어제 우리의 공연을 빛나게 해주었습니다. 동양에 온 별에게 감사의 박수를 보냅시다."

순간 감사하긴 했지만 그런 칭찬을 받고 나니 걱정이 됐습니다. 어제 그 커버 친구처럼 실수할까봐 대기실로 들어오자마 그 긴 대사를 무대 들어가기 전까지 또 엄청 연습했습니다.

그 후로 칭찬을 받을 때마다 그 친구 생각이 나서 늘 더 조심합니다.

평생 기억에 남는

무대에 올라서면 가능하면 꼭 이벤트를 하려고 하는 편입니다. 단독으로 하는 공연이면 이야기가 조금 다르지만, 다른 멋진 연주자들이 있다면 제 역할은 관객들을 즐겁게, 행복하게 해주는 것이라고 생각합니다. 야구나 축구에서 선수마다 각자의 포지션이 있는 것처럼요.

제가 콘서트 때 꼭 하는 이벤트 중에 하나가 영화 『노팅힐』에 나오는 주제음악 〈She〉를 부르면서 장미를 한 송이씩 나눠주는 겁니다. 다발로 들고 나가 한 송이씩 나눠주다가 마지막 한 분을 무대에 모시고 올라와서 꽃을 바치면서 프로포즈를 합니다.

언젠가 나이가 드신 어머니와 딸이 함께 공연을 보러 오셨더라고요. 그래서 연세가 있으신 분을 무대에 올려서 무릎을 꿇고 장미 프로포즈를 하고 곡을 마쳤습니다. 너무너무 좋아하시는 모습에 덩달아 저까지 행복해졌습니다.

공연이 끝나고 며칠 뒤에 기획사 대표님에게 연락이 왔습니다. 그때 프로포즈 받은 분의 따님에게 연락이 왔는데 저희 어머니에게 소중한 추억을 만들어주셔서 너무 감사하다고 했다는 겁니다. 남편에게도 못 받아본 장미를 받아서 너무 행복했고 몇 날 며칠을 그 이야기만 하셨다는 겁니다.

저에게는 늘 하는 공연 이벤트여서 특별할 게 없지만 누군가에게는 평생에 기억이 남는 소중한 추억이 된다는 것을 알았습니다. 그래서 가능하면 이벤트를 더 하려고 합니다.

포기하려고 했던

◇◇◇◇◇◇◇◇◇◇◇◇◇◇◇◇◇◇◇◇◇◇◇◇◇◇◇◇

저는 계양구청 예술감독으로 일하면서 다양한 예술 활동을 하고 있는데요. 그 중 하나가 공무원합창단입니다. 전원 공무원만으로 이루어진 합창단인데 이제 일 년밖에 안 되었지만 공무원 음악대전에서 금상을 수상하고 구민의 날 기념 오페라에도 출연하는 등 다양한 공연 활동을 하고 있습니다.

계양구청이 매주 토요일마다 지역 주민을 위해 여는 「토요 문화 한마당」 공연에도 공무원합창단이 섰습니다. 그런데 주말인데다 그날따라 계양구 행사가 많았습니다. 막상 리허설을 하려고 무대에 서니 평소 연습 인원의 반밖에 안 되더라고요. 그래서 리허설이 형편없게 되었습니다. 리허설을 끝내자마자 합창단 회장님께 버럭 화를 내고 말았습니다. 이렇게 빠질 거면 당초부터 못한다고 해야지 이런 경우가 어디 있냐며 너무 화가 난 나머지 호통을 쳤습니다.

공연이 시작되고 '아 오늘 공연은 망쳤구나' 걱정하며 무대에 올라섰습니다. 반도 안 되는 인원으로 어떻게 해야 하나 너무 걱정되어 속으로 생각을 했습니다. '공연을 취소할까? 자초지종을 설명하고 양해를 구하고 취소할까?' 오만 가지 생각이 다 들더라고요. 그래도 관객들과의 약속이니 죽이 되든 밥이 되든 해봐야지 하는 심정으로 무대에 섰습니다. 한 파트에 최소한 일고여덟 명은 되어야 하는데 소프라노는 일곱 명, 알토는 두 명, 베이스는 다섯 명, 테너는 어이없게도 한 명이었습니다.

정말 절망적이었습니다. 공연이 시작되고 저는 회초리 맞는 느낌으로 무대에 올라섰습니다. 전주가 시작되고 첫소리가 나오는데 이상하게도 소리가 너무 좋은 겁니다. 음정도 화음도 좋았습니다. 공연을 성공리에 마치고 집으로 돌아가려고 하는데 음향감독님이 그러는 겁니다. 지난주에 다른 합창팀이 왔을 때 마이크를 하나로 놓고 공연했더니 너무 못해서 황당했다며 오늘은 파트별로 각각 마이크 놓고 소리 밸런스를 잘 잡았다고요. 생각해보니 테너도 한 명인데 음정이 정확하고 소리가 고왔습니다. 테너 마이크 소리에 다른 파트 소리를 맞춘 거죠. 그 테너 친구는 다른 테너에 비해 소리가 약해 티가 안 났던 친구였는데 오늘 공연의 일등공신이 된 거였습니다. 집으로 돌아오는 길에서 여러 생각을 했습니다. 만약에 내가 공연을 취소했다면 어땠을까? 그 취소된 공연의 파장이 엄청 컸겠지요. 그런데 그 어려운 상황에서도 평소에는 드러나지 않았던 친구가 전체를 이끌어가는 모습을 보면서 다음에 어떤 일이 있어도 포기하지 말아야지, 그리고 내 생각보다 더 좋은 결과가 얼마든지 있을 수 있다는 것을 알게 되었습니다. 돌아오는 길에 그날 공연을 포기하려고 했던 제 자신을 꾸짖었습니다.

마음 한 켠이

◇◇◇◇◇◇◇◇◇◇◇◇◇◇◇◇◇◇◇◇◇

학교로 찾아가는 음악회 「스쿨락 콘서트」를 연간 25회 공연합니다. 대부분 학교 강당에서 하게 되는데요. 장소도 크고 아이들도 몇백 명씩 있고 전문 공연장도 아니어서 당연히 마이크를 쓰게 됩니다. 팝페라나 뮤지컬 공연에서는 마이크를 쓰는 게 당연한데 클래식 공연, 특히 성악 공연인데도 마이크를 써야 하는 게 늘 아쉬웠습니다.

어느날 효성남초등학교에 갔더니 학교에 강당이 없고 작은 공연장이 하나 있었습니다. 관객은 4학년 아이들이었습니다. 리허설을 해보니 공연장 크기가 아담해서 성악 공연은 마이크 없이 자연 울림으로 들려줄 수 있겠더라고요.

"평소에는 강당에서 마이크에 대고 노래를 부르는데, 오늘은 마이크 없이 자연적인 음향을 들려줄게요. 아무 소리 안 나게 조용히 할 수 있나요?"

이렇게 설명했더니 아이들이 분위기를 잘 만들어주었습니다. 오래전 마이크가 없던 시절부터 극장 구석구석 가사를 전달하기 위해 발성이 발달했고 그 발성법들은 놀라우리만큼 공명된 소리로 마치 마이크를 쓴 것 같은 효과를 냅니다.

그날 초등학교 4학년 아이들이 그런 소리를 처음 들은 거죠. 경탄이 담긴 아이들의 눈빛을 보면서 아이들이 이런 공연을 자주 접하지 못해 참 안타깝다는 생각에 마음 한 켠이 짠했습니다.

관객을 존경

◇◇◇◇◇◇◇◇◇◇◇◇◇◇◇◇◇

모 대학교에서 학생들을 대상으로 하는 공연을 의뢰받았습니다. 공연을 시작하려고 하는데 담당교수님이 제게 부탁하더라고요.

"함 선생님! 오늘 우리 아이들 공연 잘 해주세요! 우리 애들 힘들고 어렵게 사는 아이들 많아요."

"대학교 아이들인데 뭐가 힘들어요! 다 좋을 때인데요."

그런데 교수님 말씀이 진짜 가정형편이 유난히 어려운 아이들이 이상하게 많다고 하더라고요. 그래서 저도 마음을 가다듬고 아이들에게 정말 열심히 노래를 불러줘야겠다 다짐하고 공연에 들어갔습니다.

무대에 올라 노래를 시작하는데 아이들 반응이 의외로 좋더라고요. 생각보다 공연이 잘 풀리고 또 저도 평소보다 정말 열심히 연주했습니다. 반응은 정말 엄청났습니다. 그리고 교수님도 지금까지 공연 중에 단연코 최고라고 하시더라고요.

집으로 돌아오는 차 안에서 오늘 왜 이렇게 반응이 좋았을까 곰곰이 생각해보았습니다. 10년 전에만 해도 연주자가 연주만 잘하면 오케이였습니다. 하지만 근래에 소통이 대두되면서 공연도 연주가 반, 소통이 반인 것 같습니다. 바야흐로 소통의 시대인 것이죠. 연주는 기본으로 잘해야 하고 연주하면서 하다못해 관객과의 눈맞춤은 절대적으로 필요하고 또 거기에 이벤트가 있다면 더할 나위 없겠지요.

그런데 최근에 와서는 연주가 40%, 소통이 40% 그리고 20%의 존경이 필요한 것 같습니다. 어느때보다도 관객에 대한 존경이 요구되는 시대인 거죠. 학생들을 배려한 교수님의 당부가 저로 하여금 학생들을 존경하는 마음을 갖게 했습니다. 연주는 기본으로 잘하고 관객과 소통하고, 거기에 존경의 마음으로 공연을 하니 정말 대단한 공연이 되었습니다.

공연을 마치고 아이들이 교수님에게 와서 그랬다고 하더라고요.

"교수님! 오늘 공연을 보는데 대접받는 느낌이었어요. 이런 공연은 처음이에요. 너무 좋았어요!"

최고의 개런티

강낭콩, 단호박, 감자 그리고 옥수수 한 박스. 공연을 하고 받은 개런티입니다. 가수로 살면 가끔은 출연료 없는 공연도 하게 되지요. 강원도 화천 시골 어느 개척 교회 목사님을 알게 되어 찾아갔습니다. 어려운 교회라서 한 번도 공연을 열어본 적이 없는데 어려운 가운데 공연을 열고 싶다고 하시더라고요. 여러모로 의미가 있을 거 같아서 흔쾌히 수락을 하고 교회를 찾아갔습니다.

조율 안 된 피아노가 부끄러워서 어디선가 전자피아노를 구해오셨는데, 그나마도 전기가 자꾸 끊어진다고 합니다. 제가 연주할 때 반주가 끊길까 걱정하시는 소박한 목사님의 모습에서 저도 모르게 눈물이 났습니다. 노래 부르기 어려웠지만 그래도 상관없었습니다. 거창한 무대는 아니어도 강원도 산골짜기 시골 교회분들 모두가 원했던 공연이었기 때문이었죠. 목사님의 오랜 꿈이 이루어지는 순간이기도 했고요. 태어나서 성악을 처음 듣는 할머니 할아버지에게 제 노래가 웃음이 되고 눈물이 되고 행복이 되었던 순간 저는 이 세상 최고의 개런티를 받았습니다. 최고의 박수를요.

어려운 형편이지만 강낭콩, 단호박, 감자, 옥수수 등 내줄 수 있는 것들을 바리바리 싸주시는 마음에 또 한 번 최고의 개런티를 받았습니다. 먼 길이고 힘든 여정이었지만 참 잘했다 생각했습니다.

부드러운 수세미

 나이가 들수록 소리가 더 익어갑니다. 익어가는 소리는 깊이
가 있기도 하지만 바람 한 점에도 날아갈 듯한 작은 소리를 낼 수
있다는 뜻이기도 합니다. 포르테 소리는 누구나 낼 수 있지만 피아
노 소리는 오랜 연륜과 기술적인 방법이 조화를 이루기 시작할 때
만들어지는 것 같습니다. 물론 재능을 타고난 친구들은 금방 그런
소리를 내는 경우도 있긴 합니다.

 나이가 사십 중반을 지나다 보니까 가끔 다른 결의 노래를 부를
때가 있습니다. 힘 있고 박력 있는 노래가 아니라 호소력 있고 아
주 작은 소리로 오래된 가요를 부르는 것이죠. 〈봄날은 간다〉라는
1950년대 노래를 앵콜곡으로 부릅니다. 아주아주 작고 여린 소리
로 노래를 부르고 있으면 객석에는 정적만 흐릅니다. 그속에서 숨
소리 하나하나에 가사를 싣고 있으면 눈물을 주르르 흘리는 관객
들이 보입니다. 분명히 그 노래에 어떤 추억이 있었겠지요. 심지어
젊은 친구들도 오래된 가요임에도 그 여린 소리로 들으면 많은 무
엇인가를 느끼는 듯합니다.

물
입
니
다

크고 강한 소리만이 감동이 있는 것이 아니라 작고 여린 소리들이 마음을 열어줍니다. 전날도 〈봄날은 간다〉를 부르고 집에 돌아와 점심을 먹고 설거지를 하는데, 그 단단한 그릇을 씻어주는 것도 폭신폭신하고 부드러운 수세미였습니다.

저보다 힘들었을 테니까요

요즘 공연을 다녀보면 대체적으로 반응들이 참 좋습니다. 환호와 뜨거운 갈채를 받고 있노라면 참 행복해집니다. 그런데 얼마 전 지방 공연에서 예상치 못한 관객을 만났습니다.

한 관객이 공연 도중에 소리를 지르는 겁니다. 심지어 무엇이 맘에 안 들었는지 저를 향해 "나가!" 라고 하는 겁니다. 순간 너무 당황해서 저도 헛웃음이 나왔습니다. 곡 사이 멘트에서는 더 심하게 그러더라고요. 급기야 관객들이 그 관객에게 너나 나가라고 소리를 지르더라고요. 그런 분위기가 미안했는지 오히려 제게 더 뜨거운 박수를 보내주었습니다.

살다 보니 별일을 다 겪는구나 생각했습니다. 제가 첫 순서여서 무대에서 나와 짐을 챙기고 다시 다음 순서를 좀 보는데 여러 생각이 교차했습니다.

'말도 안 되는 행동을 한 그 관객을 찾아가서 담판을 지을까? 극장 관계자에게 항의를 할까? 아니면 기획사 대표님을 찾아 하소연을 할까?' 그런데 공연 중이고 또 지금 그런들 공연에 무슨 도움이 될까 싶어 조용히 서울로 돌아왔습니다.

공연이 끝났을 시간 즈음에 갑자기 전화가 여기저기서 오더라고요. 모두 하나같이 제게 미안하다는 전화였습니다.

그 관객은 다음 연주자에게도 그랬다고 하더라고요. 두 가지 생각이 들었습니다. 하나는 세상 사람들이 다 좋아해도 누군가는 나를 싫어하는 사람이 있다는 것! 그리고 그런 문제가 있어도 관계자들에게 항의를 안 한 게 참 잘했다 싶었습니다.

공연 관계자들도 저만큼, 혹은 저보다 더 힘들었을 테니까요.

더 깊은 감동이

「클래식의 대향연」이라는 제목으로 서산시민회관에서 성악콘서트를 열었습니다. 두 명의 소프라노와 테너 바리톤 베이스. 이렇게 다섯 명이 각자 제일 잘 부르는 곡으로 프로그램을 만들었지요. 저는 오페라《사랑의 묘약》에 나오는 약장수 아리아를 하기로 했는데 이 곡이 맨 첫 순서로 잡혀 있더라고요.

공연 순서가 잘못됐다고 생각했습니다. 이 곡은 굉장히 재미있고 빠르고 신나는 곡이어서 보통 맨 마지막 순서에 부릅니다. 그래서 공연의 대미를 장식하면서 유쾌하게 끝나길 유도하는데요. 이 곡을 첫 순서로 부르려고 하니 저도 좀 이상했습니다. 늘 후반부에 부르는 곡인데 시작을 이 곡으로 하자니 낯설었던 거죠. 첫 무대부터 분위기를 올리기도 쉽지 않겠다 싶었습니다. 하지만 기왕 그렇게 된 걸 어쩔 수 없었죠. 곡을 간단히 설명하고 노래를 시작했는데 저의 장기인 긴 호흡을 몰고 가자 초반부터 박수가 터져나오더니 중간에 끝이 아닌데 벌써 곡이 끝나는 줄 알고 박수를 치는 겁니다. 노래가 다 끝났을 때는 콘서트가 끝난 것 같이 느껴지는 큰 박수를 받았습니다. 첫 곡이었는데도요.

 첫 무대부터 이렇게 시작하니 마지막 무대에서는 관객들이 기립
박수를 치는 겁니다. 대단한 공연이었지요. 지금까지 못 봤던 관객
분위기였습니다. 예술이 그런 것 같습니다. 이 정도면 충분하지 싶
어도 생각지도 못한 더 깊은 감동이 숨어 있더라고요.

마이웨이

◇◇◇◇◇◇◇◇◇◇◇◇◇◇

　　프랭크 시나트라는 1939년에 데뷔해서 오랜 시간 활동을 하다가 1969년 〈마이웨이〉를 발표합니다. 프랑스 샹송으로 꼼다뷔 뛰드라는 중년 연인의 평범한 일상을 그린 노래인데요, 후배가수인 폴 앵카가 프랭크 시나트라가 평소에 잘 쓰던 말들을 인용해 가사를 써서 프랭크 시나트라에게 헌정했습니다. 프랭크 시나트라하면 〈뉴욕 뉴욕〉도 있지만 저는 이 〈마이웨이〉가 더 생각이 나는데요, 프랭크 시나트라에게 〈마이웨이〉는 두 번째 전성기를 만들어준 노래가 아닌가 싶습니다.

　　2003년부터 2009년까지 국립오페라단 주역가수로 있을 때가 저의 전성기라고 생각했습니다. 그리고 다시는 그 전성기는 오지 않을 거라 생각했죠. 그런데 몇 년 전 강릉에서 슈베르트의 〈겨울나그네〉 섭외가 왔습니다. 스물네 곡을 연습하는데 문득 이런 생각이 들더라고요. '나는 인습하는 것도 이렇게 지겨운데 듣는 사람들은 스물네 곡을 어찌 듣나?' 듣는 분들도 참 힘들겠다 싶었습니다.

스물네 곡을 물 한 모금 안 마시고 헛기침 한 번 안 하고 온전히 집중하면서 노래를 불렀습니다. 마지막 곡이 끝나자 십여 초 동안 아무 소리도 나지 않았습니다. 그러더니 관객 분들이 기립하여 엄청나게 뜨거운 갈채를 보냈습니다.

그 순간 제 안에서 뜨거운 무엇인가가 치밀어 올라오더라고요. 순간 '어, 이게 뭐지?' 하고 당황했습니다. 확실한 것은 그 이후로 저는 분명히 다른 노래를 부르게 되었다는 겁니다. 그렇게 제2의 전성기가 시작되었습니다.

인생에 세 번의 기회가 온다 하지요. 분명히 새로운 전성기, 다른 전성기들이 어디선가 기다리고 있습니다.

행복하다고, 감사하다고

◇◇◇◇◇◇◇◇◇◇◇◇◇◇◇◇◇◇◇◇◇◇◇◇◇◇◇◇◇◇◇◇◇◇◇◇

대구에 한영아트센터가 있습니다. 이백 석 규모의 아담한 공연장
인데요. 공연장 전체가 나무로 되어 있어서 푸근한 느낌까지 들었
습니다. 이곳에서는 시즌마다 새로운 공연을 올리는데 유난히 성
악 공연이 발달한 대구에서의 공연은 언제나 뜨거운 열기가 느껴
집니다.

첫 스테이지는 우리 가곡을 먼저 부르고 이어서 외국 가곡 두 곡
을 불렀습니다. 보통은 한 곡이 끝나면 박수를 치지 않고 두 곡이
끝나면 박수를 치는데 우리 가곡 한 곡이 끝나자마자 박수가 터져
나왔습니다. 시작이 이렇다 보니 두 번째 곡은 첫 곡보다 더 많은
박수를 받았지요. 휴식이 있었고 후반부에서 더 화려하고 다채로
운 오보에 연주와 오페라 아리아가 펼쳐지니 극장의 분위기는 떠
나갈 것 같았습니다.

순서지에 우리 가곡 〈비목〉과 〈선구자〉가 있었습니다. 그런데 이
노래를 부르는 가수가 기명되어 있지 않더라고요. 관계자에게 물

어봤더니 앙코르곡이어서 출연자 전원이 무대에 나가서 같이 부르는다는 겁니다. 드디어 그 순서가 되었습니다. 앙코르를 외치는 무대에 부르러 나갔습니다. 그랬더니 관객들이 기립을 하더라고요. 전주가 시작되고 다 함께 부르는 겁니다.

관객들도 기다렸다는 듯이 정말 큰 소리로 불렀습니다. 모두가 하나가 된다는 말이 실감 났습니다. 저도 나름 우리나라 성악 무대에서 최전방에서 공연한다고 생각했는데 어딘가에서 더 멋진 무대가 발전하고 있다는 생각에 가슴이 뭉클했습니다. 음악으로 세상이 아름다워지고 그 아름다운 세상에 있는 제가 참 행복하다고, 감사하다고 고백했습니다.

누군가에겐 최고의 공연

분장을 하려고 의상을 입는데 '어? 이거 뭐지?' 하고 순간 당황했습니다. 다리 하나가 간신히 들어가더니 나머지 한 쪽을 입는데 세상에나 바지가 엄청 작았던 겁니다. 두 다리는 들어가는데 지퍼가 아예 올라가지 않는 작은 바지가 온 겁니다. 공연은 이제 삼십 분 남았는데 어디서 바지를 구해올 수도 없고 난감했습니다. 서울에서 부산으로 내려온 긴 여정이어서 편하게 청바지를 입고 간 터라 참 막막했습니다. 그렇게 힘들게 입은 의상 때문에 다리는 피가 안 통해서 저려오는 상황이었죠.

공연을 못 할 거라 생각했습니다. 하지만 그런 상황이라도 어떻게든 무대에 나가야 했습니다. 조연출에게 옷핀을 구해오라고 했습니다. 매고 갔던 스카프로 지퍼쪽을 대고 옷핀으로 상의와 하의를 고정시켜 와이셔츠를 밖으로 빼서 입었죠. 하체가 꽉 조이는 상황에 설상가상으로 소변까지 마려웠습니다. 고통스럽더라고요. 그렇게 무대에 올랐습니다. 연기하는데 옷핀이 터졌습니다. 그래도 집중해가며 공연을 가까스로 마쳤습니다.

저는 줄곧 바지가 작다는 생각만 했고 부자연스러운 움직임에도 사고 없이 끝난 것에 마음을 놓았습니다. 그런데 나중에 SNS에 올라 온 공연 리뷰를 보게 되었습니다. 어느 클래식 애호가가 글을 올렸는데 제가 맡은 둘까마라 역에 대한 리뷰였습니다. 동작 하나 하나가 너무 우스웠고 지금까지 본 약장수 역 중에 최고였다는 글이었습니다. 그날 그 작은 바지가 동작을 더 우습게 만들었나 봅니다.

만약에 제가 그 바지 때문에 관계자들에게 불평을 늘어놓았다면 아마 그 공연은 저 때문에 망했을지도 모릅니다. 정말 커다란 난관이었지만 문제를 위한 문제를 만들기보다는 문제를 해결하기 위해 최선을 다했던 마음이 누군가에겐 최고의 공연으로 다가갔던 것 같습니다.

살면 살수록

◇◇◇◇◇◇◇◇◇◇◇◇◇◇◇◇◇◇

마흔이 되던 날, 한없는 서글픔에 눈물이 났습니다. 이제 나도 늙어가는구나…. 불꽃같았던 서른을 보내고 중년을 맞이하면서 설움 같은 것이 기다리고 있었습니다. 어린 가수들을 보면 참 부러웠지요.

그러던 어느 날 무대에서 노래하는데 제 마음속 설움의 깊이만큼의 무언가를 제가 노래하고 있었습니다. 그 노래는 한 번도 경험하지 못한 중후함과 여유 그리고 위로와 평안이었습니다. 그리고 깨달았지요. 이건 절대 이십대, 삼십대가 낼 수 없는 사십대의 깊이라는 걸….

온 마음을 다해서 부르는 노래가 한 번도 살아보지 못한 삶을 열어주는 듯했습니다. 그때 제가 부르는 제 노래가 너무너무 좋았습니다. 이 순간을 위해서 그토록 힘들었던 때를 이겨냈는가 싶었습니다. 누구나 산다는 것은 처음 만나는 설렘이지요.

처음 살아보는 사십대. 살면 살수록 멋지다고 느낍니다. 이제 다가오는 오십대를 또 설렘으로 기다려 봄직합니다.

누워서 침 뱉기

토요일 오후에 공연을 하는 경우가 있습니다. 그럴 때면 길이 막힐까봐 서둘러 나서는데요. 그 날도 어김없이 평소보다 한 시간을 더 생각하고 나왔는데 역시 엄청 길이 막혔습니다. 오케스트라 리허설이 전날 금요일이었는데 갑자기 취소되어 리허설을 꼭 해야 하는 상황이라 길이 막히기 시작하는데 엄청 마음이 갑갑했습니다. 결국은 다른 연주자들이 먼저 리허설을 하고 간신히 제 리허설을 하게 되었지요.

오케스트라가 갖고 있는 악보에 맞춰서 레퍼토리를 불러야 하는 리허설 상황이라 극도로 예민한 상태였습니다. 저의 장점을 더 보여주지 못해서 여간 아쉬운 게 아니었죠. 공연 당일, 단 한 번의 리허설로 처음 부르는 곡은 여간 힘든 게 아니었습니다.

리허실을 마치고 대기실에 들어오니 다른 연주자들이 난리도 아니었습니다. 그런 불안을 저만 느꼈던 게 아니었던 거죠. 각자의 불만을 토해내기 시작했습니다. 급기야 지휘자 선생님에 대해서도

내가 선물입니다

불만이 나왔고 자연스럽게 지휘자를 험담하기 시작했습니다. 그런데 이상하게도 동조하고 싶은 생각이 안 들더라고요. 그래서 아무말 없이 가만히 있었습니다.

생각보다 공연은 잘 끝났습니다. 순서를 마친 연주자들은 돌아갔습니다. 진이 다 빠져서 공연장 아래 카페에서 커피나 한잔하고 가야겠다는 생각에 카페에 들렀는데 맨 앞에 불렀던 소프라노 친구도 안 가고 카페에 있더라고요. 그래서 왜 아직 안 갔냐 했더니 그 친구 하는 말이 "아빠 기다려요! 오늘 지휘하신 분이 저희 아빠예요"라는 겁니다.

순간 대기실에서 지휘자를 험담했던 기억이 나면서 아차 싶었습니다. 동료들과 함께 험담하지 않았던 제가 기특하다는 생각도 들었습니다. 천만다행이었죠. 언제 어디서든지 누구를 욕한다는 건 누워서 침 뱉기가 아닌가 싶습니다.

나를 가둬두고 자책하는 것

◇◇◇◇◇◇◇◇◇◇◇◇◇◇◇◇◇◇◇◇◇◇◇◇◇◇

　지난해 12월의 어느 날이었어요. 태어나서 그런 몸살은 처음이었습니다. 몸살로 땀이 범벅이 되어 밤새 넉 장의 티셔츠를 갈아입어가며 끙끙 앓았습니다. 그 기억은 지금도 저를 소스라치게 하는데요. 공교롭게도 다음날 연주가 3개였습니다. 마지막 공연을 마치고 집에 오는 길에 저는 저 자신을 나무랐습니다. 마지막 공연에서 내리 네 곡을 노래하는데 땀은 비 오듯 쏟아지고 목은 말라서 목 안이 마치 사막같더라고요. 컨디션 조절을 못한 제가 한없이 한심했지요. 너무나 실패한 공연이었다고 자책했습니다.

　그 공연은 모대학교 후원회 밤이었는데 엄청나게 객석에 유명하신 분들이 많았습니다. 그 공연에서 잘했으면 더 많은 공연들이 생겼을 텐데 하는 생각에 무척 안타깝고, 컨디션 조절 못해 감기에 걸린 저 자신이 미웠습니다. 실패한 공연이라고 생각한 거지요.

　지난 주에 가평에 있는 어느 교회의 기도원으로부터 콘서트 섭외를 받았습니다. 가평에 도착해서 목사님에게 제가 어떻게 여기에 오게 됐냐고 여쭤보니 목사님께서 작년 12월에 모 대학 후원회에서 제 무대를 봤는데 너무 잘해서 초대했다고 하시더라고요.

몇 달 동안 그 공연만 생각하면서 자책하고 자학했는데, 그 공연만 생각하면 자다가도 깰 정도로 실패했다고 생각했는데, 목사님이 그날 너무 감동받아 초대하셨다는 말에 깜짝 놀랐습니다. 제 생각에는 참 못하고 힘들고 고생한 공연이었는데 어떤 사람에게는 감동이 된다는 것. 그날 마지막 공연이 실패했다고 생각했는데 제 생각과는 전혀 달랐다는 것. 참 놀라운 일이었습니다. 절망이라는 틀 안에 나를 가둬두고 자책하는 것, 그것이 진정 실패라는 것을 새삼스레 깨달았습니다.

무대는 언제나 나를 오롯이

공연하러 나가다가 까마귀를 보게 되면 그날 공연에서 실수를 한다든지 상대방이 실수를 해서 제 연주에도 데미지를 받게 됩니다. 일종의 징크스인데요.

반대로 까치를 보면 오히려 공연이 잘되거나 좋은 일이 생깁니다. 그런 걸 생각 안 하려고 해도 공연 날엔 극도로 예민해지다 보니 자연스럽게 학습효과가 생기게 됩니다.

한번은 일본 공연을 갔는데 까마귀가 한두 마리가 아니라 아예 떼로 하늘을 뒤덮는 바람에 너무 무서워서 겁에 질린 경우도 있었지요. 독일도 유난히 까마귀가 많은데 이렇게 많으면 난 여기서 연주는 절대 못 하겠네 싶더라고요.

그런데 진짜 까마귀랑 저랑 무슨 인연이 있어서 그럴까요? 어쩌면 까마귀 징크스는 제가 무대에서 만족하지 못하는 것에 대한 핑계로 만들었을지도 모릅니다. 제가 만들어낸 저만의 도피처일지도 모른다고 생각했습니다. 그렇게 깨달은 순간 제가 참 한심스럽더라고요.

그래도 까마귀가 보이면 어쩌란 말이냐고요. 곰곰이 생각해 보았습니다. 무대에서의 실수는 대개 자만에서 나오더라고요. 실수한 날을 되짚어보니 긴장하지 않고 생각 없이 부르다가 사고를 치더라고요. 그럴 때마다 무대에서 자만하지 말고 끝없이 겸손하자라고 생각을 했습니다. 그래서 이제는 공연하기 전에 까마귀를 보면 '그래, 무대에서 겸손 또 겸손하자' 하고 다짐합니다.

무대 위에서 겸손할 때 무대는 언제나 나를 오롯이 받아주었습니다.

자신과의 싸움에서

많은 분들이 물어보십니다.

"선생님은 긴장 안 하세요?"

당연히 긴장하지요! 제가 무대에서 능청맞게 노래하는 모습을 보신 많은 분들이 긴장하지 않고 노래하는 줄 아십니다. 사실은 엄청 긴장하지요. 특히 무대에 들어가기 전! 바로 그때가 최고 긴장되는 순간입니다. 심장이 연미복 행커칩을 툭툭 두드리는 소리가 들리기도 합니다.

하지만 무대에 올라서면 그런 긴장과는 사뭇 다르게 기쁨은 환희로, 슬픔은 절규로, 아픔은 고통으로 더 큰 에너지로 바뀝니다. 그 변화의 매개체가 긴장이지요. 꼭 필요하다고 봅니다.

객석에서 바라보는 관객은 모두가 즐기려 하기 때문에 그 어떤 관객도 연주자처럼 긴장하지는 않을 겁니다. 연주자의 관계자면

모를까, 그런 관객 앞에서는 행복을 줘야만 하는 사명이 있습니다.

그러나 어쩔 수 없이 연륜이 들수록 깊어지는 긴장이 있습니다.

제 자신 때문입니다. 나 자신과의 싸움 때문에 긴장합니다. 현저하게 떨어지는 체력, 집중력 혹은 암기력 이런 것들로 하여금 끊임없는 긴장을 하지요.

자신과의 싸움에서 오는 긴장이 나이가 들수록 더 깊어집니다.

도와주는 삶

오페라는 종합 예술이라고 합니다. 수많은 분야의 예술가들이 함께 작업에 참여하죠. 그렇게 함께하는 사람 중에 오페라 공연을 제대로 못 보는 사람이 있습니다. 누구일까요? 바로 조연출입니다.

조연출은 연출자를 도와서 연출자 의도 대로 진행되게 연출자를 보조하는 역할인데요. 공연마다 두세 명의 조연출이 활동합니다. 연출의 동선과 또한 소품 등을 챙겨서 연습이나 공연 때에 가수, 연기자들이 준비가 되어 있는지 연출자를 도와 입에서 단내가 나도록 무대 뒤를 뛰어다닙니다. 객석에서 무대를 바라보지도 못하고 리허설 한 막도 제대로 못 본 채 오페라를 마치죠.

조연출은 깜깜한 무대 뒤에서 랜턴을 비춰가며 가수, 연기자, 무용단을 무대 뒤 어두운 길에서 무대로 인도합니다. 또한 커튼콜이 시작되면 순서에 맞게 무대 뒤에서 사람들을 준비시킵니다. 객석에서 보이는 무대의 화려함과 감동, 환호, 그 아름다움을 못 보고 조연출은 언젠가 있을 자기만의 무대를 기대하며 최선을 다하지요. 가끔 우리가 살아가는 세상은 한 치 앞을 못 볼 때가 많습니다. 그럴 때마다 옆에서 묵묵히 사람들을 도와주는 조연출 같은 삶도 참 의미 있고 감동스런 삶이라는 생각을 합니다.

유명하지는 않아도

찾아가는 학교 음악회를 꽤 오랫동안 진행해왔는데요, 회를 거듭할수록 다양한 시도를 하게 됩니다. 우리나라 사람들이 제일 좋아하는 악기는 오보에라고 하더라고요. 그래서 그런지 오보에 소리를 들으면 마음이 짠해지는데요. 영화 『미션』으로 잘 알려진 〈Gabriel's Oboe〉는 그렇게 많이 들어도 들을 때마다 짠해집니다.

오케스트라에서 목관악기인 오보에, 그리고 더 유명한 플룻 그리고 클라리넷은 많은 분들이 잘 아실 텐데요, 바순이라는 악기는 사람들이 잘 모릅니다. 플룻, 오보에, 클라리넷 그리고 바순이 대표적인 목관악기입니다. 바순이 눈에 잘 띄지 않는 이유는 목관 악기들 중에서 중저음을 맡고 있기 때문입니다. 사실 오케스트라 공연을 봤어도 바순이 어떻게 생겼나 생각해보면 딱히 떠오르지 않을 수도 있습니다. 저는 큰 대나무 통을 들고 있는 모습이 떠오르는데요. 잘 들리지는 않지만 중저음을 맡고 있기 때문에 없어서는 절대 안 되는 중요한 악기입니다.

아이들에게 공연을 보여 주면서 종종 이야기해줍니다. 유명하지는 않아도 꼭 필요한 사람이 되는 것이 더 중요하다고요. 바순처럼요.

함께 느끼는 음악

모차르트의 《레퀴엠》 공연을 위해 오케스트라와 함께 연습을 진행하고 있었습니다. 이 곡은 낭만주의 음악에 비하면 템포가 일정한 편이어서 그렇게 어렵지 않다고 생각했었지요. 그런데 예상은 빗나가고 현악기 첼로가 짠짠짠짠 나오는데, 정확히 지휘자의 지시를 보고서 들어갔는데도 틀렸다는 겁니다. 틀릴 것도 없는 부분이라 당연히 지나갈 거라 생각했는데 계속 안 맞는다고 하는 겁니다. 속으로는 '일부러 나를 혼내려고 하는 건가?' 하는 생각도 했지요.

그런데 지휘자 선생님이 이 부분에서 지휘를 보지 말라고 하시더라고요. 저는 농담하는 줄 알았습니다. '지휘자를 보지 않으려면 왜 지휘자가 필요해?' 그런데 지휘자 선생님은 지휘를 보지 말고 첼로를 보고 들으라는 겁니다. 그래야 정확히 맞출 수 있다고 하시더라고요. 지휘자 자신도 이 부분에서는 첼로를 보고 들어간다고 하더라고요.

대여섯 대의 첼로가 함께 음악을 몰고 나가는데 첼로도 맞추려고 하고 노래도 맞추려고 하면 서로 맞추려 애를 쓰다가 미묘하게 삐걱댄다고 하더라고요. 그래서 지휘자가 말한 대로 첼로만 보고 들으면서 갔는데 그제야 음악이 딱 맞더라고요.

지휘자한테 맞추려고 하는 음악이 아니라 함께하고 함께 느끼는 음악이 더 중요하다는 말에 큰 감동을 받았습니다. 단언컨대 제게는 수많은 공연 중 최고의 모차르트 《레퀴엠》이 되었습니다. 그 감동에 마음이 동하였는지 〈La crimosa〉에서는 간신히 눈물을 참았고 〈Benedictus〉의 마지막 앙상블을 끝내고는 결국 감사의 눈물을 흘렸습니다.

IN-LIFE

: 다른 관점에서

상처를 이겨내는 것

저는 독일 슈투트가르트에서 유학시절을 보냈습니다. 슈투트가르트 주립 음악대학원을 졸업하고 한 시즌을 게스트로 극장에서 노래하다가 헨델의 고향 할레에서 활동을 했죠. 슈투트가르트에서 공부할 때 가끔 강수진 씨를 길거리서 우연히 보곤 했는데요. 발레리나 특유의 걸음걸이로 극장 앞을 지나가는 모습을 보면 마치 백조 한 마리가 사람처럼 다니는 것 같았습니다. 한국인으로서 자랑스러운 마음을 갖게 하는 멋진 발레리나입니다.

그런 아름다운 발레리나의 발이 인터넷에서 공개되었는데요. 그렇게 아름다운 분의 발이 그런 모습일 줄은 꿈에도 몰랐습니다. 하지만 그 사진이 제게 큰 힘이 돼주었습니다. 저도 몸으로 먹고 사는 직업이라, 그리고 늘 성대를 쓰는 가수라 목을 혹사하곤 하지요. 무리한 스케줄에 힘들게 노래하다보면 소리가 탁해지거나 걸리는 소리가 나게 됩니다. 이비인후과에 가서 진찰을 받고 사진을 찍어 보면 성대가 부어 있거나 가끔은 결절이 생기기도 합니다. 결절은 정말 드문 경우긴 하지만요. 하지만 강수진 씨의 다리에 비하면 정말 양반이죠.

내가 선물입니다

예술은 마음의 상처든 몸의 상처든 상처를 갖게 하는 것 같습니다. 상처가 얼마나 큰지는 각자의 몫이겠지만 그 상처를 이겨내는 것, 그리고 어떻게 그 상처를 극복해 내는가가 중요한 것 같습니다.

노래해서 밥 먹고 살 수 있어?

"직업이 뭐예요?"

"오페라 가수요!"

"우와. 멋져요~"

독일에서 유학할 때 독일 사람들에게 제가 오페라 가수라고 하면 늘 반응이 좋았습니다. 동양인이라고 약간 무시하는 듯하다가도 예술가라고 하면 굉장히 친절해집니다. 그래서 특히 관공서 가면 아예 처음부터 이야기합니다. "안녕하세요! 저를 도와주실 수 있습니까? 저에게는 이런 일들이 어렵습니다. 저는 극장에서 일하고 있는 오페라 가수예요." 그러면 갑자기 반색하며 "무엇을 도와줄까요?"라고 합니다. 당연히 일이 쉽게 풀립니다.

그때는 제가 어렸을 때라, 독일인이 예술가를 좋아해서 그렇게 친절하게 대하는 거라고 단순하게 생각했습니다. 동양인이 오페라 가수라고 하면 다들 신기하다는 듯이 쳐다봅니다. 그런데 한국에서 구청이나 동사무소에 가서 성악가인데 일이 어려우니 도와달라고 하면 아마 '음악가들은 다 이상해'라고 생각하겠지요.

　왜 독일 사람들은 예술가에 대한 존경심이 있을까 다시 생각해보았습니다. 물론 독일에는 훌륭한 예술가들이 많이 있습니다. 그러나 훌륭한 예술 자체에 대한 존경이라기보다는 경제적으로는 어려워도 예술을 위해 자기 삶을 헌신하는 자세를 높이 평가하는 철학적 바탕이 깔려 있기 때문이라는 것을 깨달았습니다.

　흔하게 듣는 질문이 있습니다.
　"노래해서 밥 먹고 살 수 있어?"

　성공하지 못한 예술가도 존중하고, 경제적으로 곤궁한 처지라고 비하하는 표현들이 없어질 때 우리나라도 예술가를 존중하고 귀하게 대하는 날이 오겠지요.

고기가 맛있는 것처럼

◇◇◇◇◇◇◇◇◇◇◇◇◇◇◇◇◇◇◇◇◇◇◇◇◇◇◇◇◇◇◇◇

요리를 좋아해서 원래는 요리사가 꿈이었습니다. 노래할 팔자였는지 이래저래 어려웠어도 결국 가수로 살아갑니다. 그래도 자주 요리하고 또 메뉴도 개발합니다. 참 사랑하는 취미죠.

참 오랫동안 여러 방법으로 만들어본 요리가 있는데요. 바로 스테이크입니다. 여름에 집에서 키운 바질을 다져서 고기에 버무려 구우면 바질향이 고기 누린내를 잡아줘서 참 좋습니다. 프라이팬에 다진 마늘을 굽다가 버터를 넉넉히 녹여서 고기에 스푼으로 끼얹으면서 구우면 버터가 고기의 풍미를 끌어올립니다. 혹은 김치냉장고에 온도를 -1도에 맞춰두고 고기를 밀봉해서 이삼 주 동안 드라이에이징을 해서 구워 먹으면 또 다른 신세계죠. 거기에 갖가지 야채와 향신료, 그리고 와인에 조린 소스를 곁들이면 너무 행복한데요. 어느날 이렇게 여러 가지 방법으로 하는 게 갑자기 귀찮다는 생각이 들더라고요. 그래서 아무 양념 없이 고기만 숯불에 구웠습니다. 숯에 고기를 구우니 겉은 노릇하게 구워지고 속은 미디움레어로 잘 맞춰졌습니다. 소스도 안 만들었지요. 접시에 고기만 덩

그러니 놓고 소금만 조금 놨습니다. 육즙이 스르르 떨어지는 틈에 소금을 찍어서 딱 먹는데 그 전까지 못 느꼈던 고기 본연의 숭고한 자연의 맛을 느껴졌습니다. 양념은 소금뿐이었는데 불향과 스르르 녹아버리는 고기의 육즙 사이에서 쏟아지는 침샘의 자극에 황홀감 마저 들었습니다.

그러면서 문득 '좋은 고기가 그 자체로 이렇게 맛있는 것처럼 소리가 좋으면 노래를 잘하려고 애를 쓰지 않을 텐데' 하는 생각이 들었습니다. 양념처럼 여러 가지 기교를 생각하지 않아도 되겠다는 생각을요.

'아마 그럴 거야' 하는 생각

동네에 예쁜 꽃집이 생겼습니다. 지날 때마다 저 꽃집의 꽃은 비싸겠다고 생각했지요. 가끔 꽃가게에서 손님들이 들고 나오는 꽃들을 보면 아름답고 예뻐서 물어보나마나 당연히 비쌀 것 같았습니다. 날씨도 풀리고 해서 꽃 화분을 사려고 그 가게가 생긴지 일년이 지나서야 들러보게 되었습니다.

화분을 들여다보다가 혹시나 싶어 한 송이씩 포장하면 얼마냐고 물었더니 이천 원이라고 하는 겁니다. 생각 보다 너무 싸서 진짜냐고 되물으니 꽃이 좀 큰 거는 삼천 원이고 작은 거는 이천 원이라고 하더라고요.

가격도 싸고 예쁘고 너무 만족스러웠습니다. 지난 주에 열다섯 송이를 주문했는데 "사만 원만 주세요" 하시더라고요. 그래서 안 그래도 싼데 왜 또 가격을 깎아주냐고 했더니 오늘이 마지막 장사라고 하시는 겁니다.

홍대 근처에서도 꽃집을 하고 있는데 이 동네에 살고 있어서 여기도 가게를 오픈했더니 두 곳을 다 운영하기가 힘들다 하셨습니다. 그래서 홍대점만 운영하기로 하고 이 가게는 그만둔다고요. 일 년 넘도록 이 꽃집은 비쌀 거라고 생각만 하고 있었던 제가 참 바보 같았습니다. 겪어보지 않고 추측으로만 단정지어서 좋은 꽃집을 가까이 두고도 공연 때 마다 소품으로 쓸 꽃을 사러 여기저기 돌아다닌 게 한심했습니다.

공연 때 쓸 소품이라 미리 사놓을 수도 없는데 공연 전에 꽃을 못 구하면 이리저리 헤매고 다니느라 공연에도 지장을 받을 수 있지요.

추측으로만 단정지을 때가 있습니다. 그리고 그 단정으로 큰 벽을 쌓곤 합니다. 큰 벽 안에는 더 이상 발전이 없는 소심한 자아를 발견합니다. '아마 그럴 거야'라고 막연하게 생각했던 것들을 하나하나 찾아내서 다시 확인해봐야겠습니다.

늙어가겠지

◇◇◇◇◇◇◇◇◇◇◇◇◇◇◇◇◇◇

밀양에서 공연을 끝내고 KTX역에 와보니 기차 시간이 여유가 있었습니다. 공연이 끝나고 출출하기도 하기도 해서 역내 주위를 둘러보니 라면을 파는 집이 있었습니다. 계란 라면을 시키고 자리에 앉았습니다. 라면을 기다리고 있는데 어느 할아버지가 들어오시더니 "나 라면 줘! 라면!" 하시더라고요. 자리에 앉아 오로지 라면 생각만 하시는 거 같았어요.

"라면 나왔어요!" 주인아주머니가 몇 번을 불러도 할아버지는 못 들으시는 같더라고요. 그래서 제가 쟁반에 담긴 라면을 할아버지 앞에 놓아드렸습니다. 그리고 저도 계속 라면을 먹으려고 보니 할아버지는 라면을 쳐다보고만 계시더라고요. 그래서 왜 안 드시고 계시나 보니까 젓가락과 수저가 없었습니다. 아차 싶어 수저와 젓가락을 다시 놓아드렸더니 아주 맛있게 드셨습니다. 저도 라면을 다 먹고 식기를 반납하면서 물 한 잔으로 개운하게 정리하고 할아버지께도 물 한 잔을 가져다 드렸습니다. 제가 물을 놔 드려도 라면 드시는 데만 집중하셨는지 아무 반응이 없으시더라고요. 본의 아니게 제가 웨이터가 되었습니다. 할아버지는 고맙다는 말 한마디 안 하셨습니다. 그런데 어디선가 고맙다는 말이 들려오는 듯했습니다. 선불이 아니었으면 계산도 해드렸을 겁니다.

그 할아버지가 젊어서는 저처럼 가수였을지도 모릅니다. 아니면 멋진 회사 대표셨을 수도 있고 평범한 회사원이었는지도 모릅니다. 저도 언젠가는 할아버지처럼 늙어갈까, 생각하니 밤기차 창문에 할아버지 라면 드시던 모습이 자꾸만 어리는 것 같았습니다.

사랑하는 마음으로 부를 때

전철을 탔습니다. 집으로 가는 늦은 밤 마지막 기차였습니다. 날씨가 더운 여름이라 너무 습해서 전철 안에 들어오니 천국이 따로 없었지요.

저도 한적하게 구석에 자리를 잡고 시원한 에어컨 바람을 쐬고 있었습니다. 다음 정거장에서 어느 커플이 탔습니다. 둘이서 존댓말을 하더라고요. 서로 눈도 제대로 못 맞추고 상대가 이야기할 때마다 뭐가 그리 좋은지 어쩔 줄을 모르는 모습이었습니다. 특히 여자의 해맑은 미소가 너무너무 예뻐 보였습니다. 남자는 심지어 귀여워 보이더라고요.

처음엔 둘이 회사 동료인가 생각했습니다. 그런데 들리는 대화는 서로 사랑하는 사이인 거 같았습니다. 둘이 엄청 서로를 위하는 것 같았던 것이 남자가 먼저 내리면서 "좀 이따 만나요!" 하고 끝까지 인사를 하더라고요. 집에 가서 또 연락하자는 얘기겠죠. 아쉬워하면서 손을 흔드는 여자의 모습이 아주 깜찍하고 사랑스러워 보였습니다.

　남자가 내리고 저도 그다음 정거장에서 내리려고 하는데 여자가
자리를 잡고 앉았습니다. 그런데 신기했어요. 그렇게 사랑스럽던
모습은 온데간데없고 그냥 평범한 아가씨의 무덤덤한 얼굴이었습
니다. 참 놀라웠습니다. 사랑하는 사람이 곁에 없는 그녀의 얼굴은
심지어 우울해 보이기까지 했지요.

　평범한 여자가 누군가를 사랑하고 있을 때, 영화에 나오는 아
름다운 여자 주인공 못지 않게 아름다워집니다.

　노래도 사랑하는 마음으로 부를 때 아름답습니다. 사랑하지 않는
노래를 듣고 있으면 세상 그렇게 우울할 수가 없습니다.

　사람도 노래도 사랑할 때 아름답고 빛이 납니다.

최고의 성악가

저녁 공연을 위해 리허설을 마치고 극장 앞 작은 식당에 갔습니다. 주최 측에서 벌써 메뉴를 받아서 한 상을 차려 놨더라고요. 함께 간 연주자들이 다들 유명해서 들어가자마자 음식점 주인아주머니가 반갑게 맞아줍니다.

제육볶음과 김치찌개를 주문했는데 오늘 공연의 연주자라는 걸 아셔서 그랬는지 반찬 가짓수가 꽤 많았습니다. 심지어 먹고 있는 중에도 계속 새로운 찬을 내오셨습니다. 소라 삶은 것을 상에 올리면서 그러시더라고요. 가실 때 사인 좀 해달라고요.

같이 간 성악가들이 흔쾌히 그러겠노라 말이 끝나기 무섭게 종이와 펜이 테이블 옆에 놓였습니다. 그리고 연주자들이 식사를 끝내자마자 핸드폰을 들이대면서 사진을 찍기 시작했습니다. 저도 유쾌한 모습으로 함께 사진을 찍었지요.

주인아주머니는 사진을 찍더니 바리톤 선생님께 스케치북과 펜

내가 선물입니다

을 들이밀면서 "고 선생님 팬이에요! 사인해 주세요! 저 티비에서 봤어요!" 하더라고요. 고 선생님의 사인이 끝나자 옆에 있던 테너에게도 "사인해 주세요!" 하더니 사인을 받았습니다. 테너가 작게 사인을 해서 제가 같은 페이지에 사인하려고 하니 주인 아주머니가 다음 장을 넘겨서 들이밀며 그러는 겁니다. "이혁재 씨, 여기에 사인해주세요!" 순간 저는 당황하지 않고 이렇게 사인했습니다.

'최고의 성악가 베이스 함석헌'

장점을 찾아내면

◇◇◇◇◇◇◇◇◇◇◇◇◇◇◇◇◇◇◇◇◇◇◇◇◇◇

시애틀에 사는 동생 집에 놀러갔습니다. 동생네는 일곱 살 여자 아이와 다섯 살 남자아이 둘이 있는데 미국에서 태어나고 유치원을 다니고 있어서 한국어보다는 영어가 더 자연스럽고 오히려 한국말이 서툰 것 같습니다.

동생네는 한인교회를 다니지 않고 현지 시애틀에 있는 미국교회를 다닙니다. 한인교회를 따로 찾아갈까 했는데 동생이 다니는 교회도 궁금했습니다. 그래서 함께 미국교회를 갔죠. 어른들이 예배를 드릴 때 아이들을 맡겨놓을 데가 있더라고요. 나이별로 방들이 있었는데 아이들이 방을 한번 둘러보고 원하는 방으로 들어가는 겁니다. 다섯 살 남자 조카가 먼저 방을 선택해서 들어가고, 일곱 살 조카와 저와 함께 간 아들을 다른 방에 보내기로 했습니다.

그런데 우리 아들이 영어가 능숙하지 않으니까 방 앞에서 쭈뼛쭈뼛하는 겁니다. 그때 일곱 살 여자 조카아이가 그 방을 담당하는 미국선생님에게 우리 아들을 소개하면서 그러더라고요.

"우리 오빠는 한국에서 왔어요! 우리 오빠는 한국말을 아주 잘해요! 오빠, 내 옆에 앉아!"

조카아이가 그렇게 말하는데 많은 생각이 스쳐갔습니다. 우리 오빠는 영어를 못한다고 말을 하는 게 아니라 한국말을 잘한다고 말하는 모습을 보면서 평범한 것도 장점으로 말할 수 있는 것, 단점을 단점으로 보지 않는 것에 오히려 제가 큰 감동을 받았습니다.

사람들을 대할 때 단점을 잡아내는 경우들이 많죠. 하지만 장점을 찾아서 대하면 그 사람도 나에게 장점으로 대합니다.

노래도 마찬가지 같습니다. 노래를 들을 때 단점만 잡아내는 사람들이 있습니다. 하지만 그 어떤 노래에서도 장점을 찾아낼 줄 알면 내 노래도 늡니다.

다른 관점에서

커피를 유학 때부터 마시기 시작해서 지금은 커피 중독자가 되었지요. 하루도 커피를 안 마시면 머리가 띵해지면서 몸에서 커피 달라는 아우성이 빗발칩니다.

요즘은 한 집 건너 한 집이 카페일 정도로 커피가 흔하지요. 여느 때와 같이 에스프레소 한 잔을 마시려고 스타벅스에 들렀습니다. 매장이 꽤 크더라고요. 점심 때여서 사람들이 점심 먹고 다들 여기로 왔는지 사람들도 많고 정신이 하나도 없었습니다.

에스프레소 주문을 넣고 기다리는데 워낙 사람들이 많아서 한참을 기다려야 했습니다. 그런데 손님들이 주문한 커피들이 나올 때 커피가 나왔다고 외치는 직원의 음성이 엄청났습니다. 여자직원이 었는데 넓고 큰 공간에 수많은 사람들이 있다 보니 주문한 커피들이 나올 때마다 외치는데 그 카페를 찌렁찌렁 울리게 하더라고요.

마이크도 없는데 화통을 삶아 먹었다는 표현이 생각날 정도로 대단한 목청이었습니다. 목소리 자체도 좋아서 저는 듣는 내내 전설적인 소프라노 마리아 칼라스가 생각이 났습니다. 한편으로는 만약에 저 친구가 성악을 전공했다면 엄청난 가수가 되었겠다는 생각이 들었습니다. 제가 보기에는 그 직원은 성악가로서 정말 대단한 재능이 있는 사람이었습니다. 목청도 대단했고 고음가수로 보일 만큼 두꺼운 목과 넓은 광대뼈 등 훌륭한 조건을 갖추고 있었습니다. 정작 본인은 전혀 모르겠지요. 본인 외모에 얼마나 만족할지는 모르겠지만 제가 보기에는 성악가로는 엄청난 재목이었습니다.

나는 아무것도 할 줄 아는 게 없다고 말하는 친구들을 종종 봅니다. 그렇지만 다른 관점에서 바라보면 생각보다 본인이 갖고 있는 능력과 재능이 훌륭한 경우가 꽤 많습니다. 그렇게 숨겨진 재능과 가치를 지닌 자기자신과 만나기 위해 끊임없이 자아를 찾아가야 할 것 같습니다.

힘차게 외쳤습니다

대학교에서 노래 전공을 시작하면 기본적으로는 이탈리아어, 독일어, 불어에 선택으로 영어나 러시아어 딕션을 배웁니다. 대학교마다, 또 커리큘럼에 따라 다르지만 대체로 비슷비슷하죠. 그래서 성악을 전공한 친구들은 몇 개 국어는 제대로 읽을 수 있습니다. 그리고 열심히 하는 경우는 이탈리아어나 독일어를 현지인 못지않게 하기도 합니다.

성악은 언어에 재능이 있는 친구들이 성공하는 경우가 많습니다. 대표적인 경우가 조수미 씨인데, 독일어·불어·영어·이탈리아어가 능통합니다. 그래서 그런지 지금도 왕성한 활동에 참 대단하다고 생각하지요. 유학 시절에도 말을 잘했던 친구들이 지식적인 습득도 빨랐고 활동도 활발했던 기억이 있습니다.

세계적인 가수가 꿈인 제 아들도 지금 초등학교에 다니는데 영어 공부는 열심히 시키고 있습니다. 유치원에 다니면서부터 할머니가 우리 손주는 영어 천재라고 늘 자랑했습니다. 또 그렇게 보였던 것이 가족들이 모이는 날이면 할머니가 아들에게 물어봅니다.

"우리 강아지~ 사과가 영어로 뭐지?"

아들은 기다렸다는 듯이 "애플!" 하고 외치죠. 그럼 할머니는 감이 뭐냐고 물어봅니다. 저도 먹는 감을 영어로는 몰랐는데 아들은 물어보자마자 무섭게 "퍼시몬!" 하고 외칩니다. 그러면 다들 박수를 치고 신기해하죠. 그러면서 다들 돌아가며 하나씩 물어보는데 제가 봐도 곧잘 대답합니다.

사실은 할머니가 낮에 손주랑 둘만 있을 때 영어 단어를 매일 하나씩 가르쳐준 거죠. 그러다 보니 많은 단어를 알게 된 겁니다. 그러면서 할머니는 늘 우리 손주가 영어 천재라고 은근 자랑합니다.

할아버지 순서가 되자 할아버지는 양파가 뭐냐고 물었습니다. 그런데 대답을 못 하는 겁니다. 그러자 할아버지는 할머니에게 양파도 모르는데 무슨 영어 천재냐고 핀잔을 놓았죠. 그러자 할머니가 역정을 내면서 아니 우리 강아지가 왜 양파를 모르냐고 다시 손주에게 물었습니다. "우리 강아지~ 다마네기가 뭐지?" 아들은 기다렸다는 듯이 힘차게 외쳤습니다. "어니언!"

가수의 삶은 가수의 삶

독일 유학 때 제가 독일가곡에 관심이 많았던 터라 지도교수는 아니지만 토마스 파이퍼 선생님과 친하게 지냈습니다. 그는 한국 음식에 관심이 많았습니다. 불고기나 김치를 요리를 좋아해 저에게 배웠습니다.

하루는 저에게 김치를 담가달라고 하더라고요. 그래서 댁에 가 보니 식구들이 꽤 많았는데 김치를 담을 재료를 다듬어놓고, 또 점심을 다 차려주고 저를 기다리고 있었습니다. 배추 절이는 것부터 시작해서 속을 만들어서 김치를 다 담글 즈음에 청소기를 꺼내더니 부엌 청소를 싹 하더라고요. 종일 담근 김치를 냉장고에 넣고 나가야 한다면서 오늘 저녁 스케줄이 어떠냐고 물어보는 겁니다. 괜찮다고 하니 "그럼 음악회 같이 갈래?" 하시더라고요. 그래서 무슨 음악회냐고 하니 총 20곡으로 되어 있는 연가곡, 슈베르트의 〈아름다운 물방앗간 아가씨〉를 부른다는 겁니다. "그럼 오늘 너 독창회 하는 거니?" 하고 물어보니 그렇다고 하더라고요. "독창회를 하는데 이렇게 종일 일을 한 거야?" 그랬더니 "아버지의 삶은 아버지의 삶이고 가수의 삶은 가수의 삶이지!" 라는 겁니다.

그날 저녁, 선생님의 독창회는 잘 끝났는데 돌아오는 길에 저는 많은 생각에 잠겼습니다.

소소한 공연에도 너무 긴장해서 여러 식구들을 힘들게 했던 나 자신이 참 초라하게 느껴졌습니다. 모든 짜증과 불평을 가까운 식 구에게 쏟아내고 공연만 생각했던 아주 이기적인 나를, 집으로 가 는 기차 안에서 한참 되돌아보았습니다.

그래도 광대

무슨 팔자를 타고난 운명인지는 모르겠지만 이래저래 사람들 흥에 겨워 사는 광대다.

자존심이라도 살려서 예술가라고 뻐기고 살지만 그래도 광대다.

이십 년을 광대로 살았으면 도가 터도 한참을 텄을 텐데 아직도 어디다 내놓기가 부끄러운 광대지만 그래도 광대다.

그렇다고 죄짓지 않고 살았던 삶이라면 얼마나 다행이랴만 그런 처지도 안 되고 해서 가을비 찬바람에 참으로 마음이 시리다.

그래도 누구보다는 나은 형편이라 감사하고 살아야 함에도 욕심의 끝이 하늘보다 높아서 내 삶의 부끄러움이 한이 없다.

누군가에게 감동을 주었다는 기억들이 광대로 살아가는 풋풋한 이유이겠지만 그들의 감동을 위해 발버둥치는 나는 천상 광대다.

내 삶이 뭉개지고 짓이겨져도 다시는 이렇게 안 산다고 다짐해도 그래도 광대다.

헤쳐나갈 방법은

몇 년 전, 그때까지 살아오면서 조류독감을 그렇게 피부로 느끼기는 처음이었던 거 같습니다.

마트에서 서른 개가 담겨 있는 계란 한판을 본지도 꽤 오래된 거 같고요. 특히 계란이 들어가는 음식들이 눈에 띄게 사라졌습니다. 지인이 잘 가는 콩나물 국밥집에 갔는데 임시휴업을 했다고 하더라고요. 콩나물 국밥에 들어가는 계란 때문에요. 또 교회 장로님은 성찬식에 쓸 카스테라빵을 구하러 몇 시간을 헤맸답니다. 단골 부대찌개 집에서는 항상 밥에 계란 프라이를 올려주었는데, 그때는 계란이 없어 맨밥만 내주는 게 미안했는지 라면사리를 서비스로 주더라고요.

문득 동네 계란빵집이 생각났습니다. 종종 들러서 바쁠 때 간식으로 사곤 했는데요, 계란빵도 이제 못 먹겠네 하는 생각에 마음이 참 씁쓸했습니다.

계란빵 팔아서 생활하실 그 집 주인은 계란 때문에 장사를 못 해 어떡하나, 문득 계란빵 할머니가 불쌍하다 생각을 했습니다.

지나는 길에 슬쩍 계란빵 가게를 쳐다보는데 사람들이 있더라 고요. 가까이 가서 보니 글쎄 계란빵 할머니가 호떡 장사를 하시 는 겁니다. 계란빵 장수에게 계란이 없는 것은 얼마나 황당한 일일 까요? 하지만 겨울에 가장 잘 어울리는 호떡으로 메뉴를 바꾼 겁 니다. 저도 괜히 신이 나서 할머니 호떡을 넉넉히 샀지요.

그 후로도 가게 앞을 지나면서 보면 늘 손님이 있었습니다. 할머 니 가게는 장사가 잘되어 보였고 저도 마음이 호떡만큼 따뜻해졌 습니다. 음악을 하고 산다는 것은 계란빵 장수 할머니처럼 참 어려 운 직업입니다. 하지만 노래만 부르는 것이 아니라 레슨도 있고 지 휘도 있고 합창도 있고…. 어렵지만 여러 방면으로 헤쳐나갈 방법 은 얼마든지 있는 거 같습니다.

조건 없이 베푸는

아이가 처음 세상에 나왔을 때 아무것도 바라지 않고 그저 건강하기만을 바랐던 마음은 부모로서 누구나 가졌을 거 같아요. 그런데 아이가 유치원을 다니기 시작하면서 조금씩 아이에게 욕심내기 시작했습니다. 영어도 하고 운동도 잘하고 그리고 착하기까지 바랐지요. 그러면서 아들에게 언제부턴가 조건을 달기 시작했습니다.

'이거하면 이거 해줄게' 라고요. 그리고 우리는 계약 아닌 계약을 맺는 아빠와 아들이 되어가고 있었습니다. 그 계약은 늘 만족스러웠죠. 하지만 그런 계약은 많은 부모들이 자주 하는 큰 실수라는 것을 깨달았습니다.

그것은 계약적인 사랑이라는 겁니다. 무조건적인 사랑이 아니고요. 아무도 아이가 태어날 때 '그래, 잘 태어나면 잘해줄게' 하고 생각하지는 않죠.

IN
LIFE

세상은 하루가 다르게 편해집니다. 하지만 우리 아이들은 하루가 다르게 힘들어지는 세상에 삽니다. 세상 모든 아빠들이 혹은 엄마들이 '공부 좀 못하면 어때' 하는 마음을 가지면 아이들은 더 넓은 많은 꿈을 키우며 살아가지 않을까 생각해봅니다. 그래서 아이에게 조건을 안 달기 시작했습니다. '뭐뭐 하면 뭐뭐 해줄게'를 안 하기 시작했습니다.

그러고 몇 년이 지났는데 아들은 아빠를 제일 존경하게 되었고 꿈은 성악가고 요리도 잘할 거고 외로운 사람들 도와줄 거라고 자주 이야기합니다. 엄마 아빠를 조건 없는 마음으로 바라봅니다. 아빠처럼 노래하는 가수가 되어서 많은 사람들에게 감동을 주고 싶다는 아들의 꿈이 온전히 조건 없이 베푸는 마음이라 참 감사했습니다.

팥빙수만 맛있으면

지금은 흔한 디저트 레스토랑이 되었는데 아주 오래전부터 팥빙수 가게로 유명했던 단골집이 있습니다. 근처에 공연장이 있어서 거기서 공연을 하고 나면 꼭 들러서 시원하게 갈증을 풉니다.

여느 때와 마찬가지로 공연을 마치고 팥빙수를 주문해서 먹고 있었습니다. 그런데 옆자리에 할머니 두 분이서 뭐라고 소곤소곤 말씀하시는 겁니다.

"아니야~"
"맞아~"
"아니라니까~"
"맞다니까~"

옥신각신하시더니 결국은 한 할머니가 제게로 오시더니 말씀하시더라고요.

"저, 혹시 김혁재 씨죠? 네? 김혁재 맞죠?"

그러시더니 옆에 계시던 다른 할머니가 그러시는 겁니다.

"김 씨가 아니고 이 씨라니까! 김혁재가 아니고 이혁재! 이 씨
맞죠?"

그 할머니 두 분은 제가 이혁재인데 이 씨인지 김 씨인지가 헷갈
렸던 겁니다.

이 씨면 어떻고 김 씨면 어떻고 함 씨면 어때요. 팥빙수만 맛있
으면 그만이죠.

작은 것들이 보이기 시작하면서

아주 오랫동안 다닌 미용실이 있습니다. 15년은 다닌 거 같은데요. 어떻게 잘라주세요, 여기는 이렇게요, 이런 주문을 안 해도 알아서 잘 잘라줍니다.

지난주에 여느 때처럼 머리를 깎고 샴푸를 해주시려나 했는데 갑자기 눈썹을 다듬어주는 겁니다. 그렇게 오래 다녀도 단 한 번도 눈썹을 다듬어준 일이 없었는데 어쩐 일로 눈썹을 다듬어주더라고요.

그래서 왜 갑자기 눈썹을 다듬어주냐고 물었더니 20년을 머리를 깎다보니 이제야 눈썹이 보인다고 하더라고요. 그래서 요즘 남자 손님들에게는 눈썹도 좀 다듬어주신다고요. "이제야 눈썹이 눈에 들어오네요." 그 말이 귓가에 오래 남았습니다.

머리와 눈썹, 그 사이는 정말 한 뼘도 안 되는 길이지요. 이십 년을 하고 보니 이제 머리카락과 함께 눈썹을 조화롭게 바라보는 시야가 생겨서 눈썹을 함께 정리한 겁니다.

저도 노래를 삼십 년 하다보니 얼마 전부터 강박 보다는 약박에, 긴 박자보다는 짧은 박자의 음가와 가사에 더 집중하고 정성을 쏟습니다.

작은 것들이 보이기 시작하면서 생각할 때 어쩌면 노래도 삶도 더 넓고 깊어지는 거 같습니다.

고생이 된다는 것

◇◇◇◇◇◇◇◇◇◇◇◇◇◇◇◇◇◇◇◇◇◇◇◇◇

부산으로 공연하러 내려가는 길이었습니다. 미리 10분 전에 플랫폼에 가서 열차를 기다리고 있었죠. 한적한 곳에서 찬바람 맞으면서 기차를 기다리는데 청소아저씨가 오시더니 커다란 쓰레기통을 치우시는 겁니다.

저는 저 큰 통을 어떻게 들어서 쏟을까 궁금했는데요. 기다란 집게로 쓰레기를 하나씩 잡아서 일일이 분리를 하는 겁니다. 커다란 쓰레기통에 반 정도 차 있었는데 하나씩 치우면 꽤 시간이 많이 소요되겠다 싶더라고요. 일하기 싫으셔서 저런 꼼수를 부리시나 했습니다.

그런데 자세히 보니 쓰레기의 반이 커피 음료 일회용 컵이었어요. 일일이 뚜껑을 열고 따로 가지고 오신 음료통에 컵에 담긴 음료를 담아내시더니 컵 따로 뚜껑 따로 또 분리를 하시더라고요.

그런 컵이 꽤 많았습니다. 족히 스무 개는 넘어 보였습니다. 당연히 쓰레기통 바닥에는 물기가 많았지요.

청소아저씨는 손을 통 안으로 집어넣더니 바닥에 깔려 있는 신문
지를 걷어내셨습니다. 그 밑에 젖지 않은 신문지들이 있었습니다.
신문지를 바닥에 두껍게 깔아놓은 거지요. 마지막으로 쓰레기통이
움직이지 말라고 벽돌 두 개를 놓아두고는 청소 운반도구를 끌고
가시더라고요.

나이가 들어서인가요? 깨끗한 쓰레기통을 바라보면서 눈물이 났
습니다. 내가 아무렇게나 버린 컵 하나가 청소부 아저씨에게는 고
생이 된다는 것 때문에요.

아버지의 눈물

◇◇◇◇◇◇◇◇◇◇◇◇◇◇◇◇◇◇◇◇◇◇◇◇

평소에 저를 참 좋아해주시는 분이 당신 것 사면서 같이 샀다고 무선 헤드셋을 주셨습니다. 주위의 소음까지 차단하는 아주 기특한 물건이었습니다. 선물을 받자마자 착용하고 아버지 댁으로 향했습니다.

아버지는 일 년 가까이 치매로 고생 중이신데요. 양쪽 귀를 덮는 귀마개처럼 생긴 걸 쓰고 나타난 제 모습을 보고 웃으시더라고요. 인지 능력도 떨어지신데다 간혹 망상 증세가 시작되면 참 마음이 아픈데, 아버지가 헤드셋을 관심 있어 하시니 일단 설명을 해드렸습니다. "아, 이거 요즘 젊은 애들이 많이 하는 거구나" 하고 알은 척하십니다. "한번 들어보실래요?"

유튜브에서 아버지가 들을 만한 것을 찾아봤더니 나훈아 히트곡 모음이 있더라고요. 그래서 처음부터 들려드렸습니다. 워낙 오래 전부터 좋아했던 가수의 곡들이었고 소음이 전혀 안 들리게 하는 헤드셋이라 아버지는 처음에 놀라시더라고요. 대표 곡들이 나올 때마다 박수를 치시거나 웃으셨습니다.

　한참을 듣고 계시던 아버지 표정이 갑자기 먹먹해지셨어요. 그러더니 닭똥 같은 눈물을 또르르 흘리시는 겁니다. 순간 저도 당황해서 아버지 우는 모습에 뭐라 한마디도 못하고 눈치만 보고 있었죠. 그 노래가 끝나자마자 헤드셋을 벗으시더니 "참 세월이 빠르다" 하시는 겁니다. 그러시곤 자리에서 일어나시더라고요. 무슨 곡이기에 저렇게 우셨나 확인해보니 〈청춘을 돌려다오〉였습니다.

내가 선물입니다

아버지가 알콜성 치매를 앓기 시작하셨습니다. 어머니께서 아버지가 이상하다, 이상하다 하실 때는 그저 부부 싸움을 하신 줄로만 알았죠. 망상 증세가 나타나면 아버지는 완고하게 고집을 부리십니다. 대화도 안 통하고 어머니를 너무 힘들게 하셔서 아버지를 어르고 달래서 정신병원에 모시고 갔죠.

의사 선생님은 바로 폐쇄병동에 입원시켜야 한다며 저보고 결정하라고 하더라고요. 그런데 제가 제 손으로 사인해서 아버지를 폐쇄병동에 입원시키면 평생 두고두고 후회할 것 같았습니다. 그래서 그냥 약만 받아서 돌아왔죠. 며칠 후, 아버지는 결국 새벽에 망상 증세를 심하게 보이셔서 입원하셨습니다. 입원 수속을 하고 돌아오는 차 안에서 얼마나 울었는지요. 눈물이 그렇게 나더라고요.

이 문제를 어떻게 해결해야 하나. 어머니는 아버지 때문에 너무 지쳐 계시고 아내는 직장생활로 바쁘고 아들은 너무 어리고 동생은 둘 있지만 첫째는 지방에 살아서 너무 멀고 둘째는 새로 사업을 시작해서 정신없는데, 해결할 사람이 저밖에 없더라고요.

기도하는데 문득 이런 생각이 들었습니다. 내가 이 집안에 선물이다. 내가 선물이다.

선물을 받는 사람은 참 행복하죠. 선물은 늘 설레게 하죠. 제가 선물이라 생각하면 아버지에게 지금까지 드렸던 것 중에 가장 좋은 선물이 될 거 같았습니다. 결국 아버지를 집으로 돌아오시게 했지요. 그리고 아버지는 의사 선생님이 말씀하신 가장 이상적인 상태로 지금 집에서 잘 지내고 계십니다. 힘들고 어려운 시대입니다. 주저앉고 포기하고 싶을 때가 많습니다. 그래도 그 자리, 그 위치, 그 상황에서 '내가 선물'이라고 생각하면 이겨낼 수 있습니다.

내가 선물입니다. 그리고 당신이 선물입니다.

그런 사람

시간이 지나면
저절로 생각나는
그런 사람이 있다.

주책이다 싶어
스스로에게 핀잔을
늘어놓아 보아도
보고 싶어 그리운
그런 사람이 있다.

사랑이라 거창하게
말 안 해도
우정이라 편하게
말 안 해도
마음에 애잔한
그런 사람이 있다.

그래서 용기 내어
소식을 넣으면
내 맘 같은
그런 사람이 있다.

그런 사람.

자기만의 핏

공연도 많고 연주자로서 보낸 시간이 적지 않다 보니 연미복이 다섯 개가 있습니다. 얼핏 보면 다 비슷해 보여도 막상 입어보면 이래저래 마음에 들지 않았죠. 결국 가장 잘한다는 맞춤집에 찾아 갔습니다. 문제는 가격이었어요. 다른 옷에 비해 세배나 차이가 났기 때문입니다. 그래도 수많은 연주를 하는데 그 정도 금액이 아깝겠나 싶어서 그냥 맞췄죠.

가봉을 하는 날, 가뜩이나 뚱뚱한데 의상 선생님이 연미복을 꽉 끼게 잡는 겁니다. 제가 아무리 작다고 해도 의상 선생님은 들을 생각도 안 하시더라고요. 마침내 연미복이 나왔고 두어 번 연주를 하는데 옷이 제 몸에 맞게 살짝 늘어나면서 핏이 딱 잡혔습니다.

아, 그래서 몸에 꽉 끼게 핏을 잡았구나 싶었습니다. 옷감이 좋기도 했지만 그 가격 차이는 결국 이 핏 값이라는 걸 깨달았습니다. 일 년이 지났는데도 공연 때면 그 연미복만 입게 됩니다.

누구나 자신만의 핏이 있다고 생각합니다. 제 삶의 핏은 노래이고 또 삶을 늘 긍정적으로 바라보는 마음일지도 모르겠습니다. 그 핏이 두드러지는, 혹은 돋보여야 하는 시대인 것 같습니다. 자기만의 핏을 만들면 멋진 삶을 이루어 나갈 수 있다고 믿습니다.

커피의 변신은 무죄

독일에서 유학 생활을 시작하던 어느 날 두통이 시작되었습니다. 그때부터 아스피린을 달고 살았는데요. 너무 자주 먹게 되니까 걱정이 돼서 병원에 갔습니다. 그런데 의사 선생님이 커피를 마시라고 하더라고요. 그때까지만 해도 커피를 좋아하지 않았는데 그때 이후 커피 마시는 습관을 들이면서 두통이 없어지고 커피 마니아가 되었습니다.

한국에 돌아온 어느 날 늘 마시던 대로 에스프레소를 잘 뽑아서 식구들에게 돌렸습니다. 아버지는 한 모금을 드시더니 "아이고! 이게 무슨 커피냐!" 하시면서 놀라시더라고요. 못 마시겠다시면서 봉지 커피를 타 달라 하고 드시면서 그러시더라고요. "이게 진짜 커피지!"

에스프레소 원액으로는 카푸치노, 라떼, 마끼아또, 아메리카노 등 여러 종류의 커피를 만들 수가 있지요. 하지만 봉지 커피로는 이렇게 여러 커피를 만들기 어렵습니다.

노래도 마찬가진 거 같습니다. 노래도 이 발성법, 저 발성법 여러 종류의 노래하는 법이 있습니다. 그런데 종종 자기가 생각하는 발성법이 아니면 그것은 노래가 아니라고 주장하는 친구들이 있습니다. 그럴 때면 아버지가 제게 커피로 불평하셨던 일이 생각납니다.

자기 생각과 다르게 노래한다고 해서 왈가왈부할 것이 아니라 인정해줄 수 있는 음악적 포용력이 필요한 시대입니다. 자기만의 발성과 소리가 마치 정답인 것처럼 살다가는 모처럼 이탈리아에 여행 가서 정말 좋은 커피숍들이 많음에도 불구하고 배낭 어딘가에 봉지 커피를 지니고 다니게 될지도 모릅니다.

누구에게는 참 좋은데 누구에게는 이해할 수 없는 커피. 커피의 그런 모습이 노래와 참 많이 닮았습니다.

노래를 잘하는 사람

노래를 잘하는 사람은 숨을 잘 쉽니다.

숨을 잘 쉬는 사람은 소리를 잘 내지요.

소리를 잘 내는 사람은 여유가 있습니다.

여유가 있는 사람은 자유롭고요.

자유로운 사람은 마음이 따뜻합니다.

마음이 따뜻한 사람은 정이 많지요.

정이 많은 사람은 이해를 잘합니다.

이해를 잘하는 사람은 좋은 사람이지요.

좋은 사람은 노래가 편안합니다.

편안한 노래를 부르는 사람은

노래를 잘하는 사람이지요.

노래를 잘하는 사람은 당신입니다.

노래는 누구나 잘하는 거라고 생각합니다. 자장가를 듣는 갓난아이가 불러주는 사람이 노래 못한다고 울지는 않죠. 듣는 사람이 어떻게 평가하느냐에 따라 노래는 잘한다 못한다로 갈립니다. 아무리 못하는 노래여도 음정이 하나도 안 맞는 노래여도 어머니가 부르시는 노래를 들으면 가슴에서 눈물이 납니다.

노래하는 이유

행복해지기 위해 노래를 불렀지요.
그랬더니 힘든 일이 많아졌습니다.
힘든 일을 잊기 위해 노래를 불렀더니
그제서야 행복해졌습니다.

IN
LIFE

함석헌 엔솔로지 – 내가 선물입니다

초판 1쇄 발행 2019년 2월 19일

지은이 함석헌

발행인 임종훈
편집 이여진
디자인 홍윤이

ⓒ함석헌

발행처 도서출판 웰북
출판등록 2014년 11월 10일 제2018-000034호
주소 서울특별시 서대문구 연희로2길 76 한빛빌딩 A동 4층
문의전화 02-6378-0010
팩스 02-6378-0011
홈페이지 www.wellbook.net

ISBN 979-11-86296-57-8 (13800)
값 15,000원

함 석 헌

베이스 함석헌은 단국대학교 음악대학 성악과를 마치고 독일로 유학해 슈투트가르트 대학원 성악과를 수석 졸업했다. 이탈리아 메라노 국제 성악 콩쿠르와 스페인 쟈코모 아라갈 국제 성악 콩쿠르, 독일 쾰른 국제 성악 콩쿠르에서 입상하고 슈투트가르트 오페라 극장에서 라벨《어린이와 마술》로 데뷔했다. 이탈리아 메라노 극장에서 모차르트의 《마술피리》, 독일 할레 오페라 하우스에서 《아이다》《슬기로운 아가씨》《아그리피나》 등에서 주역 가수로 활동했으며 프랑크푸르트 오페라하우스, 일본 동경 우에노 극장. 중국 북경 세기 극장 등 세계 유수의 공연장에서 오페라 주역으로 활동하였다. 주요 작품으로는《라 보엠》《카르멘》《아이다》《투란도트》《마술피리》《피가로의 결혼》《보체크》《중요한 비밀》《비밀 결혼》《천생연분》 등이 있다.

리카르드 프리짜, 마르커스 크리드, 마우리치오 베니니, 피에르 조르조 모란디, 정명훈 등 세계적인 지휘자들과 함께 바덴바덴 필하모닉, 쾰른 필하모닉, 뮌헨 필하모닉, 서울시립교향악단, KBS교향악단, 코리안심포니오케스트라, 부산시립교향악단 등 유수의 오케스트라와 협연했고, 독일 헨델 오페라 페스티벌, 홍콩 아트 페스티벌, 통영국제음악제 등 각종 페스티벌에서도 활발히 활동했다.

국립오페라 상근단원(2003년~2008년)을 역임하였으며, 아시아투데이가 선정한 '2012년을 빛낸 성악가'에 선정되었다. 극동방송 106.9MHz 〈찬양의 심포니〉를 진행했고 2017년 5.18 국가행사에 출연했으며 현재 인천 계양구청 예술감독으로 있다.